타로, 이 좋은 걸
이제 알았다니

타로, 이 좋은 걸
이제 알았다니

전혜진 지음

CONTENTS

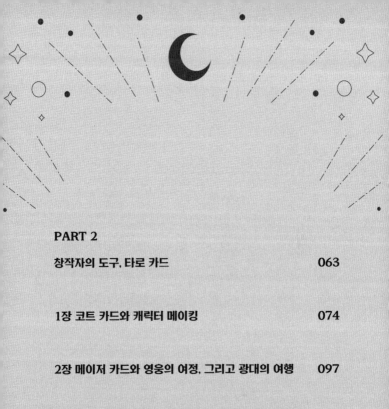

PART 1

타로 카드에 대한
기억들

1장 세기말 청소년 오타쿠의 고민

1990년대에 애니메이션 등에 푹 빠진 청소년기에서 청년기를 보냈던 오타쿠에게는 그 자체에 대한 선호를 떠나 수박 겉핥기식으로라도 접하고 지나간, 소위 교양 과목 같은 것들이 있다. 그건 〈건담〉이나 〈마크로스〉, 혹은 〈에반게리온〉이나 〈세일러문〉, 작가 집단 CLAMP의 만화들일 수도 있고, 『슬램덩크』, 『바람의 검심』, 『은하영웅전설』, 〈스타워즈〉, 시공사의 그리폰 북스 시리즈, SF 소설이나 각종 순정만화일 수도 있다. 그런 이야기들을 하다 보면 사해문서니 세피로트의 나무니 카발라니 수비학이니 레퀴엠이니 지하드니 금기라고 써 놓고 터부^{taboo}라고 읽는[*] 식의 이야기들이 고구마의 덩이

---

* 『이능배틀은 일상계 속에서』 2권, 쿠시카와 하토코가 언급한 것들을 전부 포함해서.

줄기가 주렁주렁 딸려 나오듯 이어지기도 한다.

그런 것이 쿨하게 여겨졌던 세기말, 한때 궁중의 놀이 카드였고, 유랑민들이 점을 보는 도구였으며, 오컬트 집단에서 중요하게 생각했고, 현재까지도 이런저런 창작물 속에서 불길한 미래를 암시하는 도구로 사용되는 이 타로 카드는 다시 사람들의, 그중에서도 세기말 청소년 오타쿠들의 주목을 받았다.

많은 사람들은 심리 테스트로 자신이 어떤 타입인지 확인하거나, 어떤 식으로든 미래를 알아보는 것에 흥미를 느끼고 있다. 과거에는 근거도 없는 혈액형 심리학이 유행하더니 요즘은 mbti에 따라 골라서 사용할 수 있는 다이어리가 나오기도 한다. SNS에서 유행하는 검색어나 해시태그를 눌러 보다 보면, SNS 심리 테스트 결과 페이지를 너도나도 공유한 것이 보이기도 한다. 그런데 앞날을 예언하는 장장 78장의 카드라니! 사람의 성격을 네 가지로 나누는 혈액형이나* 열여섯 가지로 나누는 MBTI보다 일단 가짓수가 많다 보니 더 정확

---

* 네 가지란 ABO 혈액형 기준이고, 각종 희귀 혈액형까지 갈 것도 없이 여기에 Rh식 혈액형만 추가해도 더 늘어나야 정상이지만, 애초에 일본에서 별자리 점과 비슷한 개념으로 혈액형 점(血液型占い) 같은 것을 만든 것이 유사과학에 편입되며 사람들이 널리 믿게 된 것이니 사실 일고의 가치도 없다.

할 것 같은 기분이 든다. 그런 데다 카드 한 장을 단독으로 뽑기보다는, 여러 장을 뽑아서 늘어놓고 점을 보는 경우가 많다 보니, 이것까지 감안하면 정말 많은 경우의 수가 나올 것 같다. 열 몇 장, 스무 장씩 뽑는 조합에서는 같은 카드가 같은 순서로 나올 일이 극히 드물 테니, 어쩌면 우주의 비밀이 담긴 아카식 레코드를 엿보는 것도 가능할 것 같은 기분도 든다.

그뿐이 아니다. 타로 카드에 대한 설명을 읽다 보면 카발라니 세피로트의 나무니 점성술에 모던 매직까지, 신비주의적 사상 이야기가 죽 연결되기도 한다. 이것만 해도 뭔가 철학적이고 있어 보이는데, 하물며 1990년대에 청소년기를 보낸 오타쿠에게는 좀 더 강렬하게 와닿는 지점들이 있었다.

타로 카드라고? 그거 〈에스카플로네〉에 나오는 거잖아. 타로 카드의 메이저 아르카나를 이루는 스물두 장의 카드는 열 개의 세피라와 스물두 개의 길로 이루어진 세피로트의 나무와 연결된다고? 그거 에반게리온 오프닝에 나오는 거잖아. 스티븐 킹의 소설 『다크타워』 2부는 『태로우 카드』라는 제목으로 학교 도서관에 들어와 있었고, 이렇게 타로 카드의 세계에 흥미를 느낀 청소년은 1부도 찾아 읽지 않고 이 책부터 읽었다가 재미없다고 생각하는 우를 저지르기도 했다. 중요한 것은 90년대 청소년 오타쿠의 교양 속에서 타로 카드는 누구나 반드시 알아야 하는 0점 방지 문제는 아닐지언정, 어느 정도 파 들어가다 보면 반드시 만나게 되는 기출문제 정도는 되었다는 것이며, 그럴 수 있었던 것은 세기말의 여러 창작자들이 타로 카드에 영감을 얻어 작업을 했기 때문이었다.

1999년 공포의 대왕 앙골모와가 내려온다던 노스트라다무스의 예언, 사이비 종교들이 말하던 종말론들, 그야말로 멸망의 공포가 지배하던 세기말에, 2000년 이후의 세계는 그야말로 예측불허였다. 이 불안감 속에서, 아름답고 불길한 일러스트로 가득한 타로 카드의 세계는 많은 창작자들을 매혹시키며, 만화와 애니메이션, 게임 등 여러 창작물의 소재로 쓰였다. 이렇게 만화나 애니메이션 마니아, 혹은 게임 마니아들에게 알려지던 타로 카드가 일반인들에게 널리 알려지게 된 계기는 다름 아닌 『카드캡터 체리』였다.

앞서 소개한 다른 것들을 하나도 접하지 않은 사람이라 해도, "만날 수 없어, 만나고 싶은데 그런 슬픈 기분인걸"로 시작하는 저 유명한 오프닝은 한 번쯤 들어 보았을 것이다. CLAMP가 1996년부터 「나카요시」에 연재한 『카드캡터 체리』(원제: 카드캡터 사쿠라)는 우리나라에서도 「밍크」에 연재되었으며, 애니메이션으로도 만들어져 선풍적인 인기를 끌었다.

『카드캡터 체리』는 초등학생인 체리가 고고학 교수인 아버지의 서재에서 발견한 책을 열어 보던 중 그 안에 들어 있던 크로우 카드들이 도망치는 것으로 시작한다. 이후 체리가 케르베로스의 도움을 받아 잡으러 다니는 크로우 카드란 마법사 크로우 리드가 만들어낸 마법 카드로, 서구의 마법 체계를 반영한 지수화풍의 속성과 빛과 어둠을 상징하는 52장 이상*의 카드다. 다시 말해 52장의 트럼프 카드와 조커를 변형한 것이라고 생각할 수 있다. 작중에서 마력을 지닌 사람이 크로우 카드를 사용하면 바로 마법을 쓸 수 있는 데다, 이 카드로 점을 칠 수 있다는 이야기도 나온다. 애초에 트럼프 카드가 타로의 마이너 아르카나에서 유래한 점,

---

* 이야기 내에서 52장의 크로우 카드가 나오고, TV판 마지막에 체리가 자신의 마력으로 만들어 낸 이름 없는 카드가, 극장판 2기에서는 모든 것을 무(無)로 돌리는 The Nothing 카드가 나온다. 극장판 2기에서 이 The Nothing 카드는 이름 없는 카드와 결합하여 The Hope 카드가 된다.

그리고 유명한 마법사이자 토트Thoth 타로 카드를 만든 알레이스터 크로울리Aleister Crowley에서 마법사 크로우 리드의 이름을 따왔으리라고 추정할 수 있다는 점에서, 이 『카드캡터 체리』역시 타로 카드의 영향을 강하게 받은 작품이다.

◇

이 시기, 서울도 부산도 아닌 인천에서 자란 나의 이야기를 먼저 해 보자. 인천직할시가 인천광역시로 변신했어도* 인천은 분명 수도권의 문화적 변두리였다. 광역시라고는 하나, 서울 옆에 너무 딱 붙어 있는 바람에 문화 시설은 늘 부족했다. 1994년 말 완공된 인천종합문화예술회관 외에는 별다른 콘서트홀도 없었다. 심지어 수업 시간에 한국지리 선생님도 "인천은 베드타운이고, 문화생활은 서울 와서 즐기라는 것"이라고 말씀하시곤 했다.

하지만 그렇다고 인천이 정말로 풀 한 포기 안 날 것 같은 문화적 불모지였던 것은 아니다. 인천은 오히려

---

* 1995년, 법률 제4789호 지방자치법에 의거 인천직할시는 인천광역시가 된다.

거창하지 않고 사소해 보이는 것, 애들 장난처럼 보이던 것, 하위 문화, 서브컬처들이 생생하게 살아 숨 쉬던 도시였다. 무엇이든 개방적으로 받아들이는 항구 도시답게, 새로운 문물을 빨리 받아들이기도 했다. 초창기의 국산 RPG 게임인 '어스토니시아 스토리'를 만든 손노리 팀이 처음 시작되었던 곳도 인천이었다. 만화 분야도 빼놓을 수 없었다. 당시 이은혜, 양경일을 비롯한 만화가들 중에도 인천 출신들이 적지 않았고, 인천 출신의 만화 동아리들 중에는 '아마란스*'처럼 전국에 이름을 떨치며 프로 작가를 여럿 배출한 곳도 있었다. 또 음악이 있었다. 악기 좀 만진다는 청년들은 제물포역 뒤쪽이나 동인천에서 활약했다. 동인천에는 그 무렵 인천에서 학교를 다닌 청소년들이라면 모르는 사람이 없었던 심지 음악감상실이 있었고, 역사가 제법 된 학교 주변에는 DJ가 음악을 소개해 주는 음악 다방들이 있었다. 홍대 앞이 인디 음악과 만화, 각종 예술과 서브컬처로 이름을 날리기 전, 그들은 인천에 있었다고 해도 과언이 아니었다. 만화가가 되고 싶은 아이들은 (지

---

* 1990년대 인천에서 주로 활동한 만화 동아리. 서문다미, 박은아, 여호경 등이 이 동아리 출신이다.

금도 있긴 있는) 동인천의 대동학생백화점에서 혜인 만화원고용지와 국산 스크린톤과 G펜 펜촉과 잉크를 샀다. 순정만화 전문 대본소도, 정품이라고 주장하고는 있었지만 지금 생각해 보면 복제품일 게 뻔한 각종 일본 애니메이션 화집을 파는 서점도 찾아보면 구석구석에 있었다. 고등학생의 주머니 사정으로는 선뜻 살 수 없었다고 해도, 『파이브 스타 스토리』나 『동경 바빌론』의 화집은 얼마나 선명했던지.

그렇다고 서브컬처를 찾아 동인천으로만 가야 하는 것은 아니었다. 부평이나 제물포역 지하에도 만화 서점이 있었다. 간단한 굿즈로는, 애니메이션들의 스틸을 인쇄한 엽서들이나 각종 만화, 스티커, 애니메이션의 일러스트들을 계통도 없이 대충 오려 붙여 만든 트럼프 카드들이 있었다. 그리고 아이들과 어린 오덕들이 무척이나 탐을 내던 크로우 카드 세트 옆에, 그것이 있었다. 크로우 카드와 가로세로 비율이 비슷한, 하지만 크로우 카드는 아닌 무언가.

"이 길쭉한 건 뭐예요. 크로우 카드는 아니고, 트럼프도 아니고."

"몰라요? 타로 카드예요. 이거 『달의 아이』잖아. 시미즈 레이코."

그 카드들은 다소 조악한 반투명 플라스틱 상자에 담겨 있었지만, 샘플도 볼 수 없게 잘 봉해져 있었다. 몇몇은 그 카드를 구입해서 학교에 들고 오기도 했는데, 특히 시미즈 레이코가 그린 타로 카드와, 클램프의 만화 『X』의 단행본 뒷날개에 그려진 일러스트로 만들어진 타로 카드들이 인기를 끌었다.

물론 몇 가지 문제가 있다. 시미즈 레이코의 그림으로 이루어진 이 타로는 『달의 아이』나 『월광천녀』를 짜깁기해 만든 것이 아닌, 『미라클』이라는 제대로 된 이름이 있는, 별도의 작품이다. 다음으로 원래 미라클 타로는 78장, 마이너 아르카나까지 전부 갖추어져 있는 덱이었지만 이 만화 서점에서 볼 수 있었던 것은 메이저 아르카나, 스물두 장뿐이었다. 결정적으로 해적판이었다. 그나마 이쪽은 나은 편이었다. 마이너 카드는 없을지언정, 작가의 의도대로 구성된 메이저 카드의 흐름은 볼 수 있었으니까. 클램프의 만화 『X』 타로의 경우 상태가 심각했다. 물론 단행본마다 뒷날개에 타로 카드를 한 장씩 그려 넣었으니, 그동안 출간된 권수에 해당되는 카드들은 제대로 콘셉트에 맞는 타로 카드가 그려져 있었다. 하지만 그 이후의 카드들은 단행본 날개의 카드 이미지와는 상관없는, 클램프가 기존에 그린 컬러 일러스트들이 적당히 들어 있어서, 다음 권이 나오면 카드 구성이 바뀌는 것인지, 아니면 단행본이 22권까지 연재되고 완결이라는 뜻인지*, 보는 사람을 궁금하게 만들었다. 지금 생각하면 좀 신기한데, 〈바람의 검심〉이나 〈신기동전기 건담W〉, 〈사일런트 뫼비우스〉 등의 인기 애니메이션에서 주요 장면들을 적당히 잘라서 만든 타로 카드도 있었다. 물론 이들 역시 제대로 된 패키지에 들어 있는 게 아닌, 얇은 플라스틱 케이스에 들어 있는 해적판이었다.

언젠가 그렇게 놓여 있던 수상한 타로 카드들 중에, 제목도 붙어 있지 않았지만 무척이나 아름다운 그림체로 그려진 것을 본 적 있었다. 이게 대체 뭘까, 조금 SF 같긴 한데, 하고 한참 들여다 보다 말았는데, 나중에 알고 보니 『은하영웅전설』이었다. 일찍이 알고 있던 소설 삽화나 만화판과는 또 다른 이미지라서 한눈에 알아볼 수 없었는데, 나중에 알고 보니 일본 동

---

* 불행히도 클램프의 『X』는 18권까지 나온 뒤 연재가 중단되었다.

인 작가 B.B.パラダイスB.B.paradise의 일러스트였다.[*] 한마디로 1998년 무렵 나온 동인 작가의 타로 카드 해적판까지 들어와 팔리고 있었던 것이다. 지금 생각해 보면 그렇게 해적판까지 나올 만큼 타로 카드 수요가 많았던가 싶지만, 한편으로는 일본 문화 개방 등과 맞물리며 본격적으로 일본 만화와 애니메이션에 대한 덕질이 보편화되던 그 시절에, 타로 카드라는 신문물이 어린 오타쿠들의 호기심을 끌었다는 뜻이리라.

한번 관심이 생기면, 호기심은 꼬리에 꼬리를 물고 이어지는 법이다. 〈천공의 에스카플로네〉때문이든, 만화 서점에서 보았든, 혹은 친구가 『던전 앤 드래곤 Dungeons & Dragons』이나 『매직 더 개더링Magic: The Gathering』을 하는 것을 기웃거리다 인터하비라는 곳을 알게 되고, 그곳에서 게임에 쓰는 카드들보다 좀 더 크고 비싼 카드들을 보게 되었든.

잠시 『매직 더 개더링』의 이야기를 하자면, 이 게임은 1993년 만들어진 가장 유명하며 보편적인 룰의 트레이딩 카드 게임이다. 부스터를 구입해서 카드를 모

---

[*] 그로부터 20년이 더 지난 뒤, 『은하영웅전설-Die Neue These』가 방영되며 이 타로 카드의 복각판이 나오는 덕분에, 일본 쪽 직구로 구입할 수 있었다. 단, 몇몇 카드의 일러스트는 교체되어 있다.

으고, 제한된 카드 매수 안쪽에서 덱을 짜서 겨루는 형태 말이다. 우리가 잘 알고 있는『유희왕』시리즈 역시 이 게임의 영향을 받은 것으로 알려져 있다.

그런데 사람들 중에는 타로 카드도 이런 트레이딩 카드의 한 종류로 잘못 아는 이들도 있었다. 그도 그럴 것이, 트레이딩 카드를 취급하던 곳 중 가장 대표적이었던 합정 인터하비*에서는 타로 카드도 함께 취급했고, 지역의 만화 서점 등에서도『매직 더 개더링』이나『유희왕』카드와 함께 앞서 이야기한 크로우 카드와 만화나 애니메이션의 해적판 타로 카드가 함께 팔리고 있어, 여러 가지로 착각하기 쉬운 환경이었다. 그러다 보니 카드에 대한 정보를 얻는 것도 쉽지 않았다.

도서관을 뒤져 보아도 타로 카드에 대한 책은 없었다. 스티븐 킹의 소설『태로우 카드』는 흥미진진했지만 역시 소설이다보니 타로 카드에 대한 정보를 얻기엔 무리였다. 아마도 처음으로 타로 카드에 대해 구체적으로 다룬 책은 물병자리에서 나온『그리스 신화 타로』와 당그래에서 나온『더 유니버설 타로 카드』였을

* 현재 인터하비는 사라지고 타로 카드를 취급하는 인터타로만 남았다.

것이다. 하지만 이 책들 역시 타로 카드 전반에 대한 설명보다는, '그리스 신화 덱'이나 '유니버설 타로 덱'이라는 특정 덱의 매뉴얼로서의 역할에 충실했다. 특히 『그리스 신화 타로』라는 책은, 덱의 이미지와 함께 관련된 그리스 신화를 소개하는 데 집중하는 편이었다. 타로 카드에 대한 보편적인 지식을 얻기에는 역시 부족하다고 봐야 했다. 그러면 그때까지, 한국에는 타로 카드에 대한 이야기가 전혀 없었을까? 타로 카드는 일본 쪽 창작물에 언급되고, 크로우 카드나 유희왕 카드와 함께 비슷비슷하게 묶여서 들어오며 잠시 반짝 유행한 점술 카드일 뿐이었을까? 그렇지는 않다.

1990년대는 화려하고 혼란스러웠다. 이 시기 한국은 올림픽 이후 경제가 급성장했지만 1997년 외환위기로 인해 IMF 구제금융을 요청하게 되었고, 일본 역시 1990년대 초반까지의 버블경제가 무너진 직후였다. 경제의 성장과 하강이 맞물리며 세기말 분위기는 종말론으로 이어졌고, 한국에서는 1992년, 휴거를 주장하는 '다미선교회' 등이 물의를 빚었고, 일본에서는 아사하라 쇼코가 '옴 진리교'를 창시하여 1995년 도쿄 지하철역 사린가스 테러를 일으키는 등, 사회 여기저기에 불안요소들이 숨어 있었다. 이런 시기, 이국적인 화려한 그림과 앞날에 대한 예언이라는 요소가 얽힌 타로 카드는 그 자체로 예술가들에게 영향을 끼쳤다. 시장의 규모 문제로 양과 종류는 적었다고 해도, 한국 역시 그 영향을 받았다. 1997년부터 연재된 윤인완과 양경일의 만화 『아일랜드』에는 러시안 집시 카드가 등장했다. 이들 작가들은 1999년 일본의 「영선데이」에 타로 카드와 여교황 요한나의 전설에서 모티프를 얻은 『The Fools』라는 제목의 단편을 선보이기도 했다. 또 만화 잡지 등에서 화려한 이미지의 타로 카드 부록을 만들기도 하는 등, 타로 카드는 신비하고 화려한 이미지로 우리 곁에 스며들기 시작했다.

그랬던 세기말, 트럼프 카드와 크로우 카드와 타로 카드가 혼란스럽게 뒤섞여 쌓여 있던 저 제물포역 지하 만화 서점에서, 청소년 오타쿠였던 나는 때때로 애니메이션 이미지들이 인쇄된 해적판 타로 카드들을 만져 보다가 그냥 내려놓곤 했다. 일단 학생이라 돈이 없는 게 가장 큰 이유였지만, 몇 가지 이유가 더 있었다. 하나는 이와 같은 해적판들의 경우 원래 있던 일러스트를 길고 좁은 카드의 틀에 맞추어 잘라서 사용하는 경우가 많았는데, 주인공 캐릭터 얼굴을 보려고 사는 거라면 모를까, 그림 자체의 구도는 망가져 있다는 게 문제였다. 클램프의 『X』 타로 카드는 아예 책 날개에 타로 카드 형태로 그려놓은 것을 사용하는 것이다 보니 예뻐서 사고 싶었지만, 언젠가 『X』가 완결되면* 클램프가 어련히 알아서 자기들 그림 스물두 장으로 메이저 아르카나 타로 세트를 만들지 않겠나 싶기도 했다. 특히 『CLAMP의 기적』** 시리즈로 자캐 미니 피규어로 구성된 체스셋을 만드는 것을 보면서, 저렇게 굿즈를 만드는 데 진심인 사람들이니 언젠가는 꼭 나오겠지 하고 생각했고….

결과적으로는 훗날 창작 일을 하게 된 입장에서, 뻔히 해적판인 것을 알면서도 사진 않았으니 현재의 부끄러움을 줄이는 결과가 되기도 했다. 어쨌든 타로 카드가 궁금했고, 갖고 싶긴 했지만, 그것으로 점을 치진 않더라도 최소한 일관된 주제를 갖고 그려진 것을 갖고 싶었다.

* …그리고 불행히도 완결되지 않았다.

** CLAMP 결성 15주년을 기념하여 12회에 걸쳐 발매된 기념 무크지와 미니 피규어 세트. 열두 세트를 모두 구입하면 체스판을 증정해서 체스 세트를 만들 수 있도록 구성했다.

◇

    그리고 시간이 더 지난 뒤 나는 결국 그 만화 서점에
서, 일러스트가 들어 있는 타로 카드 한 덱을 손에 넣
기는 했다. 정확히는 만화 잡지를 샀는데 타로 카드가
딸려 왔다고 해야 할 것 같다. 2001년 1월, 순정만화잡
지 「이슈」의 부록으로 나온 이소 작가의 『소금인형』 타
로였다.

2장 우리 곁에 가까이 있었던 타로 카드들

『소금인형』타로는 이소* 작가가 잡지 「이슈」의 제안을 받아 그리게 된 것으로, 이소 작가의 만화 캐릭터들에 타로의 상징성을 조화시켜 수채화 느낌으로 그려낸 독특한 일러스트로 이루어져 있다. 이 카드는 비록 시작은 잡지 부록이었지만, 한 사람의 작가가 처음부터 끝까지 기획하여 만든 만큼 스물두 장을 관통하는 일관된 분위기와 미려한 일러스트에다, 실제 타로 점을 볼 수 있을 정도의 두께에, 만화 전문 잡지에서 만든 만큼 전문적으로 인쇄된 것이라 타로에 관심 있던 사람들의 화제를 모았다.

* YISO, 만화동아리 『결』 출신으로 1999년 만화 잡지 「이슈」에서 「그곳에 가다」로 데뷔했다. 귀여니 소설 『그놈은 멋있었다』, 『늑대의 유혹』의 표지를 비롯하여 여러 인터넷 소설 표지 일러스트를 맡았다. 일러스트집 『깃털가재』도 발표한 바 있다.

『소금인형』 타로 이전에도 잡지 부록 타로들은 있었지만, 잡지 본문보다 조금 두꺼운 종이에 인쇄된 채 잡지 가운데나 뒤쪽에 붙어 있어, 뜯어내어 한 장씩 오려서 사용해야만 했다. 하지만 『소금인형』 타로는 깨끗하게 잘려 마무리까지 깔끔하게 된 카드 스물두 장이 자체 상자에 패키징이 된 말끔한 완제품이었다. 당시 순정만화를 따로 보지 않던 이들 중에서도 이 카드 때문에 잡지를 구입했던 이들이 적지 않았을 정도였고, 잡지가 매진되자 카드만 구할 수 없겠느냐며 수소문하는 이들도 종종 보였다. 월간지 부록으로 나오고도 한참 사람들의 입에 오르내리던 이 카드는, 훗날 타로마스터 최정안이 운영하는 쇼핑몰 타로코리아에서 복간하여 다시 내놓았다.

　하지만 이것을 한국 최초의 타로 카드라고 하는 데는 어폐가 있다. 1993년, 만화 잡지 「댕기」에서는 신년호 부록으로 『바람의 나라』의 김진 작가가 그린 타로 카드를 내놓았다. 책 속 부록이라 하나하나 낱장으로 잘라야 했고, 종이도 셔플을 하기에는 얇은 데다 너무 작아 실사용은 어려운 감상용이었다. 하지만 그 작은 카드에는, 김진의 컬러 에스프리 등에서 엿볼 수 있던 중세 판타지적 요소들과, 『1815』 등의 표지에서 볼 수 있었던 미려한 아르누보 스타일이 반영되어 있었다.

1990년대 말, 아직 대중화되기는 전이었지만, 타로 카드는 일본 만화와 애니메이션 등을 잘 아는 계층들, 소위 오타쿠들에게는 꽤 익숙한 소품이었다. 1987년부터 연재된 아라키 히로히코의 만화 『죠죠의 기묘한 모험』 시리즈에서는 제3부인 「스타더스트 크루세이더즈」부터 등장한 스탠드*의 이름을 타로 카드에서 따왔다. 이 만화의 팬으로도 알려진 작가 집단 CLAMP는 1992년부터 연재되다가 2003년 연재 중단된 만화 『X』에서 각 권의 뒷면 날개마다 캐릭터들을 타로 카드 콘셉트로 그린 일러스트를 수록했다. 일본에서는 1996년, 우리나라에서는 1998년 방영된 애니메이션 〈천공의 에스카플로네〉에서는 갑작스럽게 이(異)세계인 가이아에 떨어진 평범한 여고생 히토미가, 다우징 펜듈럼과 타로 카드로 점을 치는 장면들을 선보였다.

이렇게 일본의 서브컬처에서의 타로 카드는 국내에도 영향을 끼쳤다. 1998년, 소프트맥스는 게임 '창세

---

* 『죠죠의 기묘한 모험』에 등장하는 초능력. 정신 에너지가 물질화된 일종의 분신.

기전' 시리즈의 외전 '창세기 외전2: 템페스트TEMPEST'
를 내놓으며, 게임 시스템에 과감히 타로 카드를 이용
한 육성 시스템을 도입한다. 미니게임과 이벤트를 통
해 타로 카드를 아이템으로 입수한 뒤, 이를 캐릭터의
사이코메트리 육성에 사용하는 방식이다. 카드별로 속
성할 수 있는 마법이나 능력치에 차이가 있는 데다, 일
러스트가 상당히 미려했고, 게임 패키지에는 게임에
사용한 것과 같은 타로 카드 한 덱을 동봉하기도 했다.
2001년 『소금인형』 타로가 순정만화 잡지 「이슈」의 부
록으로 나오기 전, 1999년 9월 15일에 이미 「이슈」는
타로 카드 부록을 내놓기도 했다. 이 타로 카드는 불
행히도 실물도, 사진도 직접 확인하진 못했다. 하지만
2001년 『소금인형』 타로를, 실사용이 어려운 책 속 부
록이 아니라 실제로 셔플이 가능한 견고한 종이에 인
쇄하여 낱장으로 잘라서 내놓게 된 것은, 이때의 호응
때문이지 않았을까 생각한다.

이런 상황에서, 직접 그림을 그리거나 글을 쓰고, 동
인지나 굿즈 등을 만드는 이들에게 타로 카드는 큰 영
감을 주었다. 만약 자작 트럼프 카드를 만든다면 52장
을 만들어야 하지만, 타로 카드는 사실상 메이저 아르

카나 22장만 있어도 점을 볼 수 있다. 게다가 뒤에서 다시 이야기하겠지만, 타로 카드의 메이저 아르카나는 그 자체로 서사담과 맞물리는 면이 많아 인물이나 사건의 한 장면을 묘사하기에 편리했다. 그래서일까. ACA 동아리 판매전, 코믹월드 등에서는 심심치 않게 자신의 세계관으로 만든 자작 타로 카드나, 팬심에 불타 자신이 좋아하는 작품으로 스물두 장을 그려내 만든 2차 창작 타로 카드들을 찾아볼 수 있었다. 당시 이와 같은 타로 카드들을 만들었던 동인들 중에는, 현재까지 현역으로 활발하게 활동하는 작가들도 있다.

　한편 판타지와 SF 작가이자 타로 일러스트레이터인 은림은 1999년, 자작 소설 『나무대륙기』 세계관을 바탕으로 한 타로를 완성하여 PC 통신 게시판과 각종 만화 행사 등에서 판매했다. 은림 작가는 2018년에는 고양이의 귀여움을 주제로, 타로 카드는 물론 트럼프 카드로도 쓸 수 있는 『참을 수 없는 고양이 중독』 카드를, 타로 작업 20주년을 맞이한 2019년에는 다양한 동양의 괴물과 상징들을 넣어 민화풍으로 그려낸 『앤틱 크리처』 타로를 텀블벅을 통해 펀딩을 받아 제작하는 등, 현재까지도 활발하게 타로와 관련된 작업들을 이어가고 있다.

평론가 남명희[*] 역시, 자신의 '덕질'을 타로 카드와 연결하는 시도를 했다. Worry, 워리라는 필명으로 유명한 남명희는 미국 드라마 〈엑스파일X-files〉의 열성 팬이자, 〈엑스파일〉을 다루는 엑파위키(xfwiki.com)와, 드라마 〈엑스파일〉 및 〈수퍼내추럴Supernatural〉의 팬픽션과 팬아트를 모은 팬픽스를 운영했다(2018년 운영을 중단하고 폐쇄했다). 현재는 그 깊고 넓은 '덕력'을 살려 영화와 미드, 팬덤과 팬픽션에 대한 연구를 계속하고 있는데, 그 덕질은 연구로만 뻗어나간 게 아니었다. 그는 2003년 〈엑스파일〉과 〈밀레니엄Millennium〉(1996), 〈하쉬 렐름Harsh realm〉(1999), 〈론건맨The Lone Gunmen〉(2001) 등 20세기 폭스사와 1013 프로덕션의 드라마 주인공들을 귀엽고 동글동글하게 그려낸 『1013 타로 카드』를, 2010년에는 드라마 〈수퍼내추럴〉의 팬메이드인 『수퍼내추럴 타로카드』를 만들었다. 특히 『1013 타로 카드』는 〈엑스파일〉의 주인공 데이나 스컬리 역을 맡은 배우 질리언 앤더슨이 직접 보고 사인하여 팬아트 자선 경매에 내놓았다고 하니, 그야말로 열성팬이 계를 탄 훈훈한 이야기다.

---

[*] 『미치도록 드라마틱한 세계, 미드』(2010), 『팬픽션의 이해』(2017) 등 집필.

그렇다고 해서 이 타로 카드라는 것이 언제까지나 오컬트와 서브컬처에 푹 빠져 있는 덕후들의 전유물이 었던 것은 아니다. 앞서 말한 세기말의 타로 붐에 힘입어, 패션 잡지 「쎄씨Ceci」에서도 2000년, 책 속 부록으로 『즐거운 카소비츠 아파트』의 박수진* 작가가 일러스트를 맡은 타로 카드를 내놓았다. 이후 2001년, 앞서 이야기한 『소금인형』 타로가 나오고, 패션잡지 「앙앙an an」에서는 책 속 부록으로 일본의 유명 점술사 스텔라 가오루코의 타로 카드를 소개했다. 이처럼 순정만화 잡지와 패션 잡지를 통해 타로 카드가 유행했고, 패션 잡지 「유행통신」에서도 크기는 작았지만 메이저 아르카나 스물두 장으로 구성된 신영미** 작가의 완제품 타로를 부록으로 제공했다. 2002년 6월에는 박상선 작가가 만화 잡지 「비쥬」에 『타로 카페the Tarot Cafe』를 연재한다. 중세에 마녀 사냥의 희생자로 죽을 뻔했지만 붉은 용 애쉬를 만나 영원한 생명을 얻고 살아가던 점술사 파멜라는, 영원한 삶을 끝내기 위해 벨루스와 계약을 맺고

* 1999년 만화잡지 『윙크』에서 컬러 메르헨 「마쉬쿠쿠의 생일선물」로 데뷔했다. 『소년전기』, 『미도락클럽』, 『즐거운 카소비츠 아파트』 등을 발표하였다.

** 1995년 만화잡지 『댕기』에서 단편 「그녀의 마음을 사로잡아라」로 데뷔했다. 『만화로 보는 북유럽 신화』와 『반지 전쟁』 등을 발표하였다.

악마 베리알의 흩어진 목걸이 구슬들을 되찾기 위해 타로 점술사가 된다는 이야기다.

사실 1990년대 후반까지도 타로 카드라 하면 일본 만화에 나오는 것, 혹은 『던전 앤 드래곤』 같은 카드 게임과 비슷한 것이나, 영화 〈레드 바이올린〉(1998)에서 점술사 노파가 불길한 점괘를 내뱉으며 뒤집던 수상한 점술 카드, 심지어 흑마술에 사용되는 게 아니냐는 이야기를 들었다. 조금 관심이 있는 사람도 러시안 집시 카드나 룬 카드, 오라클 카드와 혼동하기도 했다. 하지만 각종 잡지에서 타로 카드를 꾸준히 부록으로 선보이면서, 사람들은 적어도 타로 카드라는 것이 있고, 점을 보는 도구라는 사실에 대해서만은 어느 정도 인식하게 되었다. 이랬던 타로 카드가 확실하게 대중 앞에 모습을 드러낸 것은, 바로 2002년 드라마 〈겨울연가〉에서였다.

"운명의 상대가 다가오고 있다는 뜻이죠."

한국은 물론 일본에서도 선풍적인 인기를 모으며 한류 열풍을 주도했던 이 드라마에서, 남자 주인공 강준상(배용준 분)은 이 타로 점을 통해 주인공인 정유진(최지우 분)이 자신의 운명의 상대라는 것을 알게 된다. 이전에도 인터넷 사주 사이트 등에서 타로 카드 점 서비스들을 찾아볼 수 있었지만, 이 〈겨울연가〉 이후 이용자가 급증하고 유료 콘텐츠 매출도 크게 늘었다는[*] 기사를 찾아볼 수 있다. 드라마에 나왔던 유니버설 웨이트 카드는 여러 타로 판매 업체에서 스프레드 천이나 타로 매뉴얼과 함께 '겨울연가 세트'로 불티나게 팔려 나갔다. 이와 같은 타로 카드의 대 유행은 소년만화 잡지에도 영향을 끼쳐, 2003년에는 만화 잡지 「영 챔프」에서도 1월 15일자로 발간된 3호부터 5호까지, 세 번에 나누어 신용관[**] 작가의 타로 카드를 제공했다.

2005년 「앙앙」은 루이까또즈 타로를, 「에꼴ecole」은 족집게 러브 타로를 제공하는 등, 타로 카드는 여러 해에 걸쳐 잊을 만하면 잡지의 부록으로 찾아볼 수 있었다. 이 무렵에는 타로 카드가 어린이들에게까지 유행하면서, 문구점에서도 귀여운 그림체로 그려진 스물두 장짜리 타로 카드들을 볼 수 있었는데, 그 유행에 힘입어 만화 잡지 「파티Party」에서도 만화 『월요일 소년』의

* [연예] '타로카드'로 내운명 봐 볼까?…'겨울연가'서 등장 인기(동아일보 2002.02.27.)

** 1998년 제3회 이슈ㆍ화이트 수퍼만화대상에서 단편 「붕어빵 반죽에 관한 짧은 명상」으로 가작 수상. 『K2』, 『월요일 소년』, 『SIESTA』 등을 발표하였고, 라이트노벨 『월하의 동사무소』의 일러스트를 맡았으며, 웹소설 『이세계의 황비』를 코미컬라이징했다. 2005년 오늘의 우리만화상을 수상했다.

작가 이영유가 직접 그린,『월요일 소년』의 캐릭터들이
귀여운 3등신으로 데포르메된 타로 카드를 부록으로
제공했다. 2005년 말에서 2006년 사이 방영된 MBC의
청춘 시트콤 드라마 〈레인보우 로망스〉에서도 젠드론
타로 카드가 소품으로 등장하기도 했다.

그리고 2007년, KBS에서 방영한 드라마『마왕』은
아예 오프닝에서부터 깨어져 나가는 유리조각처럼 타
로 카드들이 흩뿌려지며, 세 사람의 주인공 뒤로 스텔
라 가오루코의 타로 카드들이 펼쳐지는 구성을 보이며
이야기에서 타로 카드를 전면에 내세운다. "심판의 나
팔 소리를 들어라! 진실이 당신의 심장을 찌를 것이다"
라는 멘트 자체가 타로 카드 중 몇 장을 연상하게 하는
이 드라마는, 학생 시절에 벌어진 비극적인 살인 사건
과 그 은폐, 속죄를 위해 형사가 된 오수(엄태웅 분)와 그
에게 복수하기 위해 변호사가 된 승하(주지훈 분)의 대
결을 중심으로 사이코메트리 능력을 지닌 해인(신민아
분)과 해인이 그린 타로 카드가 복잡하게 얽히며 사건
이 전개된다. 사실 스텔라 가오루코의 카드는 타로 카
드 분야에서는 아주 대중적인 카드는 아니지만, 메르
헨풍의 그림과 파스텔톤의 색감이 아름답게 조화를 이

루고 있어서인지, TV에서는 의외로 자주 볼 수 있는 카드가 되었다. 2009년 카미오 요코의 동명의 순정만화를 원작으로 하는 KBS 드라마 『꽃보다 남자』에서도 주인공인 금잔디(구혜선 분), 구준표(이민호 분)와 삼각관계를 이루는 윤지후(김현중 분)가 이 스텔라 카드를 사용하는 장면이 나왔다.

드라마 『꽃보다 남자』가 나오기 몇 달 전, 만화 잡지 〈이슈〉에서는 당시 이 잡지에 연재하던 스타 작가들의 일러스트를 모은 타로 카드 부록을 내놓았다. 참여 작가는 37쪽을 참조하시길.

한편 2011년에는 성현경 작가가 「아이큐점프」에서 타로 카드에 이능력 배틀을 결합한 만화 『나이페스』를 발표했고, 2012년에는 박강호 작가가 다음(daum)에서 웹툰 《오세요 타로샵》을 연재했다. 2011년 연말에는 동인 팀인 TicTacToe 제작위원회*가 만든 고딕 미스터리 비주얼노벨 게임인 'TicTacToe 틱택토**'가 발매되었는

---

* yoshua(기획, 시나리오), Ashar(기획, 스크립트), 구미호법(스크립트), 디벨로핑(스크립트), 月狼牙(기획 홍보), troly(메인일러스트), 녹시(메인일러스트), 라휘아(배경일러스트), 아기(서브일러스트)로 이루어졌다.

** 서울코믹 및 사보텐스토어 통판 등으로 발매되었다. 19세기 말, 폭설로 고립된 런던 교외의 윌프레드 남작가에서 벌어지는 참혹한 연쇄 살인과 앨버트 윌프레드 남작이 겪는 불가사의한 사건들을 다루었다.

데, 등장인물들이 각각 타로 카드에 대응되며, 엔딩에서도 타로 카드의 이름을 딴 각 루트별로 다른 전개와 엔딩을 볼 수 있는 등, 타로 카드를 활용한 전개가 돋보였다. 이렇듯 서브컬처를 중심으로 2010년대 초반까지 타로 카드에 대한 관심은 계속 이어졌다.

한편 2018년, 모히또Mojito* 작가는 「윙크」의 후신인 「마녀코믹스」에서 이집트의 아홉 주신들과, 이집트의 왕권을 건 세트와 호루스의 대결을 다룬 이집트 신화 기반의 BL 『엔네아드ENNEAD』를 발표하였다. 이때 「마녀코믹스」에서는 『엔네아드』의 각 화와 타로 카드를 연결하고, 해당 회차를 전부 유료 결제한 독자들에게 『엔네아드』의 인물들을 담은 타로 카드를 증정하였다. 원래 기존에도 신화와 판타지의 세계관을 차용한, 특히 신비롭고 마법적인 이미지를 갖고 있는 이집트 신화 등을 차용한 타로 카드들이 있었는데, 이 『엔네아드』 타로 카드는 여기에 캐릭터들의 성격적인 면과 모히또 작가 특유의 그림체가 더해지며, 단순히 인기 작품의 굿즈를 넘어 그 의미 면에서도 상당히 충실한 타로 카드가 되었다.

---

* 2018년 『엔네아드ENNEAD』로 데뷔하였다.

「이슈」 타로카드 부록 참여 작가 목록

작가	타로 카드
강혜진[1]	The Tower(탑)
김다희[2]	The Chariot(전차), The Star(별)
김연주[3]	Death(죽음), The Devil(악마)
박은아[4]	The Lover(연인)
서문다미[5]	The Moon(달), The Sun(태양)
신유하[6]	Strength(힘)
윤지운[7]	The Emperor(황제), The Hierophant(교황)
이소영	Justice(정의), The Hanged man(매달린 남자)
이시영[8]	The Hermit(은둔자)
이현숙[9]	The Wheel of Fortune(운명의 수레바퀴)
임주연[10]	The High Priestess(여교황), The Empress(여제)
종이[11]	The Fool(광대), The Magician(마법사)
준민이[12]	Judgement (심판)

1. 2007년 「이슈」에서 『하늘과 날다』를 연재하였다.
2. 2008년 「이슈」에서 『반짝x반짝』을 연재하였다. 만화 『연애, 가르쳐 줄까?』를 발표하고, 『공부 일등이 된 꼴찌』, 『반짝반짝 꿈 찾기 프로젝트』등 학습만화에 참여하였다.
3. 2000년 「이슈」 공모전에서 「Messenger」로 가작을 수상했고, 『소녀왕少女王』, 『PLATINA』, 『Nabi』, 『펠루아 이야기』, 『회랑식 중정』을 발표하였다.
4. 1994년 『키 작은 보호자』로 데뷔했다. 「파티」에 『스위티 젬』과 『방울공주』를, 「이슈」에 『다정다감』, 『불면증』, 『녹턴nocturne』을 발표하였다.

5. 1997년 「이슈」 신인만화가대상에서 「귀향」으로 수상한 이래, 「이슈」에서 『END』와 『너의 시선 끝에 내가 있다』를, 「슈가」에서 『그들도 사랑을 한다』를, 「파티」에서 『루어Rure』를 발표하였다.

6. 「이슈」에서 2005년 『학교방위 365일』을, 2007년 『안녕, Pi』를 발표하였다.

7. 2000년 서울문화사 신인공모전으로 데뷔한 후 『허쉬Hush』, 『엑셀EXCEL』, 『시니컬 오렌지Cynical Orange』, 『디어 왈츠Dear Waltz』, 『눈부시도록』, 『안티 레이디』, 『마리히엔 크로니클』, 『파한집』, 『무명기』 등을 발표하였다.

8. 1995년 별도의 잡지 연재 없이 단행본 『환상의 게임』으로 데뷔하였다. 이후 『Feel So Good』, 『그러니까 좋아』, 『지구에서 영업 중』, 『한눈에 반하다』, 『네가 있던 미래에선』, 『러블리 어글리』 등을 발표하였다.

9. 1992년 「친구 만들기」로 데뷔하였다. 『Really?!!』, 『월영The Shadow of Moon』, 『악의 꽃』, 『사랑보다 아름다운 유혹』, 『나쁜 소년』 등을 발표하였다.

10. 1999년 「이슈」 공모전에서 「어느 비리 공무원의 고백」으로 가작을 수상하고, 『악마의 신부』, 『소녀 교육 헌장』, 『씨엘Cie-The last autumn story』, 『퓨어 크라운Pure Crown』, 『대답하세요 프라임 미니스터』를 발표하였다.

11. 2003년 「이슈」에서 『반지와 와글바글 친구들』을 연재한 이래 『데굴데굴 반지네 집』, 『반지의 얼렁뚱땅 비밀일기』, 『반지와 봉봉클럽』 등 반지 시리즈를 발표해 왔다. 반지 시리즈는 애니메이션 <반지의 비밀일기>로도 만들어졌다.

12. 2008년 「이슈」에서 『너무 멋져도 피곤해』를 연재하였다.

3장 PC 통신 동호회와 괴담들

"지나간 시절이 좋았다"거나 자신보다 어린 사람을 붙들고 "나 때는 말이야"를 외치고 싶어진다면, 그 사람은 이미 순조롭게 화석화가 이루어지고 있는 기성세대다. 어지간히 진보적인 사람, 새로운 유행에 민감한 각종 창작자들도 때때로 이런 화석화의 징후를 보이곤 하는데, 그 대표적인 경우가 이런 것이었다.

"PC 통신 시절이 좋았어."

정말 그럴까? 이유를 들어보면 그럴 듯하다. 사람들의 취미나 관심사마다 노는 구역이 달랐기 때문에 관심사가 비슷비슷한 사람들과 어울려서 놀 수 있었고, 맞춤법 틀리는 사람도 지금보다 적었고, 실명제라 지금보더 험악한 욕설이나 조리돌림도 덜했고, 번개에 나가도 안전했고, 무엇보다도 지금보다도 양질의 자료를 쉽게 찾을 수 있었다는 말도 나온다. 옛날 PC 통신에는 정제된 자료들이 올라와 있었는데, 인터넷에서는 아무나 글을 쓰다 보니 근거 없는 자료가 너무 많이 돌아다닌다는 이야기다. 작품에 대해서도 반사적인 반응이 아닌 길고 자세한 분석글을 찾아보거나 쓸 수 있었고, 진지한 토론이 가능했다. 글이 길어 못 읽겠으나 세 줄로 요약해 달라는 말을 하는 사람도 없었다고 한다.

어느 정도는 일리가 있는 이야기처럼 보인다. 당장 제일 유명한 포털에서 검색을 하면, 제일 위쪽에 뜨는 것은 필요한 정보가 아닌 광고료를 지불한 광고글, 혹은 비슷비슷한 홍보글을 복사해 넣은 블로그 페이지들이다. 뉴스 기사를 검색하려고 해도 똑같은 기사를 토씨 하나 다르지 않게 복사해 붙여 넣은 글이 우르르 뜨거나, 조회수를 올리기 위한 낚시성 기사거나, 제목부터 언론으로서의 품위를 상실했거나, 선동을 하기 위해 데이터와 다른 주장에 열을 올리는 기사들이 한두 가지가 아니다. 요즘은 유튜브가 대세라지만, 막상 들어가 보면 문장 어미도 제대로 발음 못하는 웅얼거리는 말투에 큰 목소리로 감탄사만 외치면 되는 줄 아는, 한국어로 제대로 말할 줄은 아나 싶은 젊은 남자들이

한 문장당 비하어가 하나 이상 들어가지 않으면 성립하지 않는 문장으로 떠들어대는 쓰레기 같은 영상들이 난무한다. 정보를 효과적으로 분류하라고 만들어진 해시 태그 역시, 원래 용도보다는 사람들이 관심을 갖는 주제를 검색했을 때 자기 광고를 슬그머니 밀어넣을 때 사용되고 있다. 집단지성의 힘으로 양질의 정보를 채워 넣겠다는 초기의 의도는 오간 데 없이, 몇몇 위키들은 극우주의자들과 차별주의자들, 반지성주의자들의 놀이터가 된 지 오래다. 이쯤 되면 인터넷이란 정보의 바다가 아니라 쓰레기의 바다처럼 보이기도 한다.

그러면 정말로 PC 통신 시절이 좋았을까? 물론 장점도 있었다. 하지만 그것은 엄밀히 말해 그곳이 차별적인 곳이기에 가능한 장점이었다. 당시 PC 통신에 접속하려면 대부분 전화접속 네트워크를 사용해야 했다. PC 통신을 사용하는 동안에는 전화를 쓸 수 없었기 때문에, 이 용도로 전화선을 하나 더 놓기도 하고, 야간정액제 요금을 사용하기도 했다. 컴퓨터는 지금보다 훨씬 비싸고 귀해서, PC 통신을 위해 한국통신(현 KT)에서 하이텔 단말기를 대여해서 사용하기도 했다. 한마디로 PC 통신에서 많은 활동을 할 수 있었던 이들은 집에 컴퓨터가 있거나, 한국통신에서 단말기를 대여해 주는 것을 알 수 있었던 이들, 비싼 전화 요금을 감당할 수 있는 중산층들, 혹은 학교의 네트워크를 사용할 수 있었던 대학생이나 대학원생들이었다.

간단히 말해 이곳은 누구나 접속할 수 있는 열린 공간이 아니었다. 일정 조건을 갖춘 사람만이 꾸준히 활동할 수 있는 차별적인 공간에 가까웠다. 지금도 인터넷을 사용하려면 스마트폰이나 태블릿, 컴퓨터가 있어야 하고, 인터넷 요금도 지불해야 하지만, 국민소득 대비 그때 지불해야 했던 비용과는 차이가 크다. 또한 요즘은 의무교육 과정에서도 인터넷을 학습에 활용하는 경우가 많고, 정보 격차 문제가 있어 저소득층에는 인터넷 요금과 태블릿 등이 일부 지원되고 있다. 이런저런 한계가 있지만 그나마 많은 사람이 접속할 수 있는 지금의 인터넷과 달리, 그 당시 PC 통신 사용자는 아무래도 소득이나 학력 면에서 상위권인 경우가 많았다.

지금처럼 인터넷 직구가 발달하기는커녕, PC 통신에 접속한 뒤 다시 전화접속 인터넷으로 겨우 인터넷에 접속할 수 있었던 시절, 외국 잡지나 일본 애니메이션 설정집, 혹은 국내에 없는 자료들을 입수하고 직접 번역해서 올릴 수 있었던 능력자들의 인구 밀도가 높았으니, 양질의 자료가 많았다는 말도 어느 정도는 일리가 있다. 하지만 이 시기의 저작권 의식은, 지금 생각하면 정말 곤란할 정도로 희박했다. 느리고 비싼 전화접속으로는 사진이나 동영상 다운로드를 받기 힘들다 보니, 여러 애니메이션의 주제가와 오프닝 동영상은 물론 식자 올린 동인지까지 CD에 담아서 애니메이션 동호회의 이름으로 판매까지 하던 시절이었으니 말이다.

그때 그 시절, PC 통신에는 분명 많은 정보가 올라왔다. 하지만 그렇다고 해도, 지금 인터넷에 올라와 있는 정보와는 양적으로 비교 대상조차 되지 못한다. 어쩌면 질적으로도. 지금의 인터넷에는 잘못된 정보, 거짓 정보, 광고성 글이나 의도를 갖고 누군가를 헐뜯고 피해를 입히는 쓰레기 정보들이 가득한 것처럼 보이지만, 논문이나 외신, 이전에는 쉽게 접하기 어려웠던 양질의 정보에 접근할 방법 역시 늘어났다. 외신이나 외국 서적에 대한 접근성이 떨어졌던 시절, PC 통신에는 나름대로 양질의 외국 자료를 번역해 올리는 이들도 있었지만, 폭넓은 자료를 찾아볼 수는 없었다. 간혹 외국 책 한두 권 읽고서 자기가 전문가인 양, 외국 통인

양 행세하며 잘못된 정보를 마구 퍼뜨리던 가짜 권위자들도 있었다. 다른 모든 분야가 그렇듯이, 타로 카드 소모임 역시 마찬가지였다.

지금 이 이야기는 어디까지나 과거의 이야기, 그것도 지난 세기말의 이야기다. 당시는 인터넷 서점에서 타로 매뉴얼을 주문하면 당일 배송으로 도착하거나 아마존에서 외국의 타로 매뉴얼을 구입하면 한 주 안에 대문 앞에 도착하는 시대가 아니었다. 아직 본격적으로 타로 카드에 대한 해설서들이 국내에 나오기 전이었다. 타로 카드를 인터넷 서점에서 주문하거나, 전날 밤에 주문하면 다음 날 새벽에 도착한다는 쇼핑몰에서 생필품과 함께 타로 카드를 주문할 수 있는 시대도 아니었다. 인터넷으로 아마존에 있는 타로 카드를 구입하는 데도 수많은 난관이 있었던 그때 시절, 사람들은 외국의 타로 카드를 동호회에서 공동 구매하여 두어 달 걸려 받기도 하고, 그조차 여의치 않으면 PC 통신 자료실에 올라온 카드 이미지를 잉크젯 프린터로 컬러 출력하여 사용하기도 했다.

이런 시기, PC 통신의 타로 동호회는 타로 카드에 대한 단편적 정보들의 구심점이자, 타로 카드를 구입할 수 있는 루트들을 알려 주는 가이드였다. 게시판에 차 곡차곡 아카이브된 타로 카드 정보들은 당시로서는 방 대한 자료, 다른 곳에서는 찾기 어려운 자료였다. 하지 만 그 내용물은 대부분 타로 카드를 사면 들어 있는 손 바닥만 한 매뉴얼들, 혹은 Learning the Tarot[*] 웹사이트 의 강좌 내용을 그대로 번역한 것들이었으며, 오역도 많았다. 혹은 국내 타로 유저들이 쓴 타로 강좌나 분석, 타로 카드를 이미지화한 소설도 있었지만 그 내용이나 분석이 정확했는가에 대해서는 생각해 볼 부분이 많을 것이다. 다른 곳에서 타로 카드에 대한 정보를 얻을 길 이 막혔했던 초보 유저들은 이곳에 올라오는 강의들을 읽고 달달 외우기도 하고, 이미지 리딩이라고 카드의 뜻을 하나하나 외우기보다는 카드의 이미지와 본인의 직관을 따라 카드를 읽기도 했다. 당시 매뉴얼을 번역 하고 달달 외우고 직접 초보 강좌들을 만들며 고군분 투하던 타로 유저들이 지금의 타로 유저들보다 실력이 떨어진다고 말할 수는 없겠지만, 접할 수 있는 정보의 양과 질 자체가 달라졌음을 부인할 수는 없을 것이다.

* learntarot.com 1995년 만들어진 조안 버닝의 웹사이트.

그렇게 한정된 자원 안에서 공부하던 당시의 타로 게시판에는, 몇 가지 희한한 이야기들이 돌곤 했다. 예를 들면 이런 것들.

"내 타로카드를 다른 사람이 만지면 부정 타요."

일단 여기까지는 그럴싸해 보인다. 타로 카드는 신비로운 물건이니 자신의 주인 외에 다른 사람이 만지면 부정을 탄다는 이야기다. 하지만 카드 셔플에 대한 매뉴얼들을 읽다 보면, 카드의 주인이 아니라 질문자가 카드를 셋으로 나누어 합치라는 이야기도 보이는데, 그럴 경우에는 어떻게 해야 할까?

게다가 타로 카드는 애초에 공산품이다. 남의 손을 타지 않아야 한다고 해도, 타로 카드를 생산하는 과정에서 종이를 인쇄기에 밀어넣고 인쇄하고 코팅하고 재단해서 상자에 담고 판매되는 동안 사람 손을 안 거치는 것은 불가능하다. 정말 그렇다면 대체 어느 시점부터 남의 손을 타지 말아야 한다는 것일까?

"카드가 삐져서 제대로 된 점괘를 내놓질 못하네요."

카드로 점을 보는데 부정적인 카드, 읽기 까다로운

카드가 나왔을 때 들을 수 있던 이야기다. 타로 카드는 인격, 혹은 신격을 지닌 신비로운 물건인데, 얘가 삐져서 제대로 된 답을 내놓지 못하고 있다는 이야기다. 흥미진진한 이야기지만, 누군가의 혼이 깃든 신비한 물건이라면 적어도 아마존이나 영풍문고 같은 데서 평범하게 사고 팔기는 어려울 것이다. 물론 당시에는 타로 카드를 이대 타로장이나 인터하비, 혹은 공동 구매를 통해 구입했다 보니 지금처럼 흔한 물건은 아니긴 했지만, 그래도 막상 타로 카드 실물을 보면 상자에 U.S. Games라는 상표명이 찍혀 있었다.

모르긴 몰라도 타로 카드에 영혼이 빙의되려면, 그보다는 좀 더 유니크한 방법이 필요할 것 같다. 최소한 영화 〈레드 바이올린〉에서 아내를 잃은 바이올린 명장이 죽은 아내의 피로 칠해 마감한 붉은 바이올린처럼, 사람의 피부를 카드 형태로 한 장 한 장 자른 위에 사람 피로 그려 넣은 타로 정도는 되어야 하지 않을까?

사람의 피부 하니 말이지만, 당시 PC 통신의 마법 동호회나 마법에 대한 개인 홈페이지 등에서 종종 언급되는 신비스러운 책이 있었으니, 바로 사람의 피부로 장정되었다는 마도서 『네크로노미콘』이었다. 압둘 알하자드가 쓴 마법서 『알 아지프』를 동로마제국의 테오도루스 필레타스가 그리스어로 번역한 책으로, 사람의 지혜를 아득히 넘어서는 암흑신들을 불러내는 주문들이 수록되었다고도 하며, 그 책을 읽는 사람은 다들 미쳐 버렸다고도 하지만, 사실은 전부 "뻥"이다. 정확히는 H. P. 러브크래프트의 소설, 크툴루 신화에서 언급되는 가공의 책일 뿐이다.

하지만 아직 러브크래프트의 책들이 제대로 번역되지 않았던 1990년대에는 그 책이 정말로 존재하는 마법서라고 생각하던 이들도 없지 않았다. 세상 어딘가에는 정말로 사람의 피부로 장정된 그 전설의 흑마법서가 있을 거라고 생각하기도 했다. 현재 러브크래프트의 모든 작품이 공저작을 포함하여 전부 번역된 지금은, 그저 농담거리일 뿐이지만.

돌아올 수 없는 과거란 미화되기 마련이고, PC 통신의 정제된 지식이라는 것들 중에는, 사실은 그런 식이었던 것들도 적지 않았다. 이런 타로 카드 괴담들도 마찬가지다. 누군가가 자기 타로 카드를 아끼는 마음에 한 농담, 판타지를 다루는 작가가 자신의 창작물에서 타로 카드를 신비롭게 묘사한 내용, 혹은 일본 쪽의 오컬트 사이트에서 나온 이야기들이 한국에 들어오며 진담 같은 괴담으로 바뀌어 버린 것이다.

"그런 말 하면 타로 카드로 저주할 거예요!"

타로 리더를 화나게 하면 카드로 저주를 하겠다나. 당연히 저주는 아무나 할 수 있는 게 아니다. 물론 저주 마법을 수련한 타로 리더가 상대를 저주할 수는 있을지도 모르지만, 이때에도 직접 타로 카드를 사용하는 것이 아니라 마법의 결과를 미리 점치기 위해 카드를 사용하는 것이니, 타로만 가지고 누군가를 죽이거나 해치기는 매우 어려울 것이다. 하물며 그런 마법에 정통한 것도 아닌 평범한 타로 리더가 카드만 갖고 있다고 누군가를 저주할 수 있을 리도 없다. 〈카드 캡터 체리〉에 나오는 크로우 카드야 각종 마법을 봉인해 놓아서 마력만 있으면 쓸 수 있다는 설정이었지만, 대부분의 타로 카드는 인쇄소에서 찍혀 나오는 것이고, 대부분의 사람들은 설령 타로 카드에 마법이 봉인되어 있다고 해도 깨울 마법이 없으며, 진짜 흑마법사라면 저주를 하네 어쩌네 소란스레 떠드는 대신, 문답무용 조용히 마법으로 해치우는 것이 빠르지 않을까? 그리고

제 오른손에 흑염룡이 한 마리 있는데 인사하실 분?

타로 카드는, 굳이 당시 PC 통신 동호회의 카테고리를 빌리자면 애니메이션과 판타지, 마법 등 여러 분야에 넓게 발을 걸친 물건이었다. 만화나 애니메이션의 설정들, 판타지 소설 속 창작된 이야기들이나 영화 속의 음침한 분위기들이 타로 카드의 이미지와 결합하며 이와 같은 이야기들은 꼬리에 꼬리를 물었다.

게다가 때는 세기말, 아무래도 시대가 바뀌는 시기라, 사람들의 오컬트에 대한 관심은 한껏 드높아져 있었다. 전통적 무속신앙이나 저주, 방자에 대한 관심에 더하여 PC 통신 마법 동호회 등을 중심으로 서양 마법이나 위카에 대한 관심도 생겨났고, 몇 년 뒤에는 『마법 입문』이나 『모던 매직』 같은 마법에 대한 책들이 번역되어 들어오기도 했다. 마법 도구들을 수입하는 인터넷 쇼핑몰들이 생겨나고, 구체관절인형에도 혼이 깃든다며 〈인형사〉(2004) 같은 공포 영화가 만들어지던 시기였다.

타로 카드도 그런 분위기에서 자유롭지 않았다. 당시 사람들이 생각하던 타로 카드의 이미지란 한마디로 영화 〈레드 바이올린〉 초반에 묘사된 것과 비슷한 것이었다. 어둑한 방에서 젊은 부인이 늙은 점술사 앞에서 카드를 골라낸다. 쭈글쭈글한 손의 노파가 카드를 뒤집으면 '죽음'이나 '탑', '악마' 같은 불길한 카드들이 펼쳐지고, 그 예언은 사실이 된다. 사람들은 타로 카드에게서 그런 어둡고 불길한 오컬트적 이미지를 연상했고, 그 결과로 이와 같은 근거없는 괴담들이 난무했을 것이다.

하지만 정말로 타인의 운명을 좌지우지할 수 있거나 저주에 사용할 마력이 깃든 타로 카드라면, 오랜 세월 수련을 거친 마법사가 한 획 한 획 자기 손으로 그린 카드의 원본쯤은 되어야 할 것이다. 한마디로 어지간해서는 우리 손에 들어오지 않을 물건이니, 걱정할 필요가 없는 이야기다.

"공백 카드는 타로 카드가 더 이상 이야기하지 않겠다는 뜻이에요. 공백 카드 이후의 카드는 펼쳐서는 안 돼요."

공백 카드란, 카드를 새로 샀을 때 으레 함께 들어 있는 두 장의 카드를 의미한다. 보통은 카드의 판권이나 설명 등이 들어가는데, 간혹 카드 한 장을 잃어버렸을 때 그를 대체하기 위해 사용되기도 한다. 이런 공백 카드가 들어가게 된 것은, 사실 공정상의 편의에 가깝다.

타로 카드 한 덱은 78장이다. 하지만 이 숫자는 사람

입장에서도 기계의 입장에서도 애매하다. 사람은 10의 배수로 끊어지는 숫자를 편안하게 여기고, 기계의 경우는 8이나 16의 배수를 환영한다. 카드는 물론 책의 페이지를 인쇄할 때에도 한 장 한 장을 따로따로 인쇄하는 것이 아니라, 커다란 종이에 여러 페이지를 인쇄하고 자르는데, 이때 한 장에 8쪽이나 16쪽, 혹은 32쪽을 조판한다. 즉, 조판의 단위가 8이나 16의 배수이기 때문에, 결과물도 8이나 16의 배수라면 관리하기 쉽다. 이런 이유에서 타로 카드는 78장의 카드와 두 장의 공백 카드를 포함하여 80장 단위로 포장되는 경우가 많다. (사실 대부분의 책도 그렇다. 궁금하면 이 책을 포함해서 주변의 아무 종이책이나 펼쳐서 마지막 페이지가 몇 페이지인지 확인해 보자) 카드에 대한 설명도 적고, 겸사겸사 한 장 잃어버리면 대신 쓸 수도 있으니까.

그런데 사람들은 종종 여기에 의미를 부여한다. 알수 없다, 신이 대답해 주지 않는다, 여기서 더 나아가서 카드는 이 이후의 이야기는 할 생각이 없으니 그만 펼쳐라 등등. 카드의 의지가 대답을 거부하고 있다는 뜻을 만들어 버린 것이다. 그런데 그렇게 굳이 의미를 부여하자면, 타로 카드를 78장이라고 봐야 할까? 그런 논리라면 신이 대답해 주지 않는다는 의미의 두 장을 더 넣어서 80장이라고 쳐야 할 것이다.

전에 타로마스터 최정안 님께 이 질문을 드렸더니 명쾌하게 대답해 주셨다.

"애초에 그걸 왜 넣어요. 빼고 섞어야죠."

처음부터 공백 카드는 빼고 78장만 섞는 것이 맞다고 한다.

"점을 보고 난 카드를 부적 삼아 준다고요?"

애초에 타로는 78장, 한 덱을 가지고 보는 점이다. 메이저 카드나 마이너 카드만 사용할 수도 있긴 하지만, 한두 장이 빠져 있는 상태로는 제대로 된 결과를 얻기 어렵다. 전부 똑같이 생긴 데다 여분이 들어 있는 바둑 알은 몇 개 잃어버려도 바둑을 두는 데 지장이 없지만, 체스말이나 장기말 한 세트에서 기물 한두 개가 사라지면 게임을 하기 어려운 것과 같은 이치다. 그런데 대체 어째서 이런 이야기가 생겼을까?

실제로 타로 카페 등에서, 타로 점을 본 뒤 카드를 부적으로 주거나 판매하는 경우가 있긴 있었다. 바로 앞서 말한 드라마 〈겨울연가〉 이후의 일이다. 극 중에서 타로를 볼 줄 아는 정아는 준상의 타로 점을 보아 주고, 준상은 운명의 수레바퀴 카드를 뽑는다. 이후 유진이 고민에 빠진 것을 본 정아는 타로 카드를 뽑아 보라고 한 뒤, 유진이 준상과 같은 운명의 수레바퀴 카드를 뽑자 이 카드를 선물로 준다. 한마디로 이건 드라마에서 극적인 장면을 만들기 위한 장치일 뿐, 실제로 타로 점을 보고 카드를 낱장으로 주고받진 않았다.

하지만 드라마에서 이 장면이 나온 이후로 한때 타로 점을 본 뒤 카드를 주기를 기대하는 사람들이 생기기도 했고, 또 홍보를 겸해서 일부 타로 카페에서 카드를 복사해서 코팅하거나 운명의 수레바퀴, 연인 등 인기 있는 카드를 명함 크기로 출력한 것을 주었다는 이야기가 있다. 실제로는 누군가를 응원하는 부적이 되기보다는 멀쩡한 카드 한 덱을 못 쓰게 만드는 행동이니, 몇 장을 잃어버려서 쓰기 어려운 덱에서 한두 장 꺼내 주는 게 아니라면 굳이 이런 일을 할 필요는 없을 것이다. 힘 카드나 연인 카드, 운명의 수레바퀴 같은 좋은 의미의 카드를 굳이 몸에 지니고 싶다면, 요즘은 타로 카드 콘셉트의 목걸이나 팔찌 참도 나와 있다.

한편 부적의 개념과는 조금 다르게, 그날그날 데일

리 리딩으로 뽑은 카드거나, 자신에게 조언이 될 만한 카드, 혹은 자신의 소망을 구체화한 카드를 몸에 지니는 경우는 있다. 레이철 폴락은 『타로카드 100배 즐기기』에서, 특정한 카드의 속성을 이용해서 자신을 변화시키는 것에 대해 설명했다. 지갑이나 수첩처럼 자주 볼 수 있는 곳에 카드를 넣어두고, 눈에 띌 때마다 카드의 의미를 생각하는 것이다. 카드의 그림 속 인물이 착용한 것 같은 상징적인 물건을 지니거나, 카드 속 인물이 입은 것과 같은 색의 옷을 입어 보거나, 이처럼 카드에 대해 자신이 생각하고 이해한 바를 기록할 수도 있다. 마치 『시크릿』과 같은 신비주의적 자기계발서에 나오는 이야기처럼 보이지만, 적어도 자기가 무엇을 목표하고 기대하는지를 잊지 않는 데는 도움이 될 것이다.

"카드 한 장을 잃어버리면 다른 카드들이 그 카드를 따라간대요."

마크 트웨인의 소설 『톰 소여의 모험』에는 톰 소여와 허클베리 핀이 사마귀를 떼기 위한 방법을 이야기하는 대목이 있다. 사마귀를 떼는 여러 미신들이 소개되는 가운데, 허클베리는 묘지에서 사마귀를 떼는 방법이라며 이런 주문을 알려 준다.

"악마는 시체를 따라가라, 고양이는 악마를 따라가라, 사마귀는 고양이를 따라가라, 난 이걸로 너와는 끝장이다!"

물론 이런 주문을 외운다고 해서 사마귀가 사라지는 것은 아니다. 굳이 재미없는 소리를 덧붙이자면, 카드 한 장이 사라졌을 때 남은 77장이 그 카드를 따라가기보다는, 사라진 카드가 원래의 무리를 찾아 돌아오는 것이 더 빠르지 않을까? 이런 이야기가 나온 것은 어디까지나, 카드 한 장을 잃어버려 이가 빠진 덱은 소홀히 대하는 경향이 있고, 그러다 보니 어디에 처박아 두었는지 알 수 없게 되어서가 아닐까?

그러면 마지막으로 한 가지 괴담을 더 소개하고 넘어가자.

"사람들은 부정적인 고민을 가져와서 점을 치는 경우가 많아요. 그러니까 타로 카드에도 부정적인 에너지가 쌓이기 쉽죠. 주기적으로 정화를 해 주어야 해요."

* 마크 트웨인, 『톰 소여의 모험』, 장영희 역, 창비아동문고 세계명작 06, 창비, 2015, 103~104쪽.

지금까지 나온 이야기 중에서는 가장 괜찮은 이야기처럼 보인다. 78장이나 되다 보니, 중간중간 잃어버린 카드가 없는지 확인할 겸 정리라도 한 번씩 해 주는 거야 나쁠 게 없기도 하고, 특히 바이러스성 질환이 도는 시기에는 역시 타로 카드를 알코올로 소독이라도 해 주면 좋지 않을까 하는 생각도 든다. 하지만 역시 정화의 방법이 문제다. 타로 카드를 소금에 묻거나, 흐르는 물에, 혹은 촛불에 정화를 하라는 이야기도 있었는데, 이는 명백히 오컬트 쪽에서 원석이나 마법 도구를 정화하는 방식을 차용한 것이다. 하지만 타로 카드는 종이에 컬러 인쇄를 한 뒤 코팅을 한 인쇄물이다. 이런 방식으로는 카드가 남아나지 않을 것이다.

굳이 오컬트의 전통을 따르는 정화를 하고 싶다면, 다른 방법도 있다. 보름달 달빛 아래에 펼쳐놓고 달의 에너지를 받거나, 수정과 같은 작은 원석 조각을 함께 두어 부정적인 에너지를 해소하는 방법도 있을 것이다. 바이러스성 질환을 막기 위해 알코올 소독을 하는 것은 좋지만, 손소독제에 흔히 사용되는 70퍼센트 에탄올이나 항균 물티슈에 들어가는 이소프로판올은 종종 인쇄물의 코팅 종류에 따라 인쇄물의 색을 벗겨내거나, 유광 코팅의 광을 없애기도 하니 카드 상자나 공백 카드 등을 미리 닦아 보고 이상이 없는지 확인한 뒤 사용해야 한다. 안전하게 하고 싶다면 도서관 용품들을 판매하는 쇼핑몰에서 도서 전용 살균 티슈 등을 사용하면 손상 위험을 줄일 수 있다.

◇

그런 신비한 이야기들은 분명 매력적이다. 사람들의 호기심을 불러일으키고, 외국 자료들을 찾아보거나 더 자세한 내용을 알아보고 싶게 자극한다. 하지만 한편으로는 이처럼 근거가 부족한 수상쩍은 이야기들은 막 타로에 관심을 갖게 된 초보 타로 유저에게는 진입 장벽이 되었을 것이다. 지금 생각하면 정말 아무것도 아닌 이야기들이었지만, 한때는 정말 그런 이야기들이 진실처럼 오가기도 했다. 정말로 PC 통신 시절이 지금보다 나았느냐고 묻는다면, 고개를 저을 수밖에 없는 이유다.

이 시절에 그럴 수밖에 없었던 것은, 참고할 수 있는 책의 가짓수가 워낙 적었기 때문이다. 1999년에 서점에 있는 타로 카드 관련 도서는『더 유니버설 타로 카드』(막스웰 밀러, 박재권 역, 당그래, 1999)와『그리스 신화 타로』(줄리엣 샤먼 버크, 조하선 역, 물병자리, 1999)뿐이었다. 그러다가 2001년부터 좀 더 보편적인 설명을 담은 책, 그리고 한국인 저자가 쓴 타로 카드 책이 나온다. 제일 먼저 나온 책은 그랜드마스터 칼리[*]가 쓴 『타로 카드 길잡이』(물병자리, 2001)다. 칼리는 뒤이어 모던 타로 카드의 한 기준이 되는 라이더 웨이트를 단순화한 『베이직 웨이트 타로 덱』(물병자리, 2002)과 매뉴얼인 『베이직 웨이트 타로 따라하기』(물병자리, 2002)를 내놓았다. 이후 칼리는 『타로카드 앨리스』(당그래, 2012)와 『타로카드 트릭트릿』(당그래, 2012), 『코리안 타로카드』(칼리, 최은하, 당그래, 2014) 등, 메이저 아르카나 22장으로 이루어진 타로 덱과 해설서를 함께 내놓았다.

한편 타로마스터 최정안[**]은 2003년 『타로 마스터 따라잡기』(북하우스)를 출간했다. 최정안은 이후 교육 활동, 방송 출연, 유튜브 등을 통한 타로 강의로 타로의 저변을 넓히기 위해 노력하고, 특히 타로코리아 브

---

[*] 미국 타로 카드 자격 인증기관인 TCB의 그랜드마스터이자 한국 지부장. 타로카드 쇼핑몰인 타로클럽(tarotclub.co.kr) 을 운영하고 있다.

[**] 캐나다 타로 카드 자격 인증기관인 Canadian Tarot Network의 타로 마스터. 타로카드 쇼핑몰인 타로코리아(tarotkorea.co.kr)와 타로 교육 사이트 타로스쿨(tarotschool.co.kr)을 운영하고 있다.

랜드로 이소 작가의 『소금인형』 타로를 복간한다. 한편 권신아 작가는 2000년 만화 웹사이트 N4에서 타로 카드 일러스트를 공개했는데, 이 일러스트는 카드로 만들어지지 못하고 일러스트집 『Indigo - 권신아 일러스트레이션』(시공사, 2002)에 일부가 수록되었다. 최정안은 권신아와 계약하여 이 일러스트를 바탕으로 『Sad story』(타로코리아, 2010) 타로 카드를 출간한다. 이후 최정안은 권신아와 협업하여 한국 최초로 U.S. Games에서 타로 카드인 『Dreaming way Tarot』(Rome Choi, Kwon Shina, 2012) 카드를 출판한다. 이 카드는 2012년 세계적인 타로 포럼 사이트 Aeclectic Tarot에서 선정한 올해의 타로 덱 10선[*] 안에 들며 호평을 받았다.

한편 인터넷 시대 초기부터 타로장[**]을 운영하며 PC통신 이후 타로 커뮤니티 활동을 이어가고, 온오프라인으로 타로 카드를 판매하거나 매뉴얼을 번역해 온 정현근은, 2004년 아서 에드워드 웨이트의 『타로의 그림열쇠』(정현근 역, 도서출판 타로, 2006)를 자체 번역 출간

---

[*] Aeclectic Tarot readers as one of the Top Ten Decks Published in 2012.

[**] 당시 이화여대 근처에 위치해 이대 타로장이라고도 불렸다. tarot.co.kr

한다. 아서 에드워드 웨이트는 모던 타로 중 가장 대표적인 『라이더 웨이트 덱』을 만든 인물로, 타로 카드의 다양한 상징이나 역사, 철학을 종합적으로 소개한 고전이 번역되며 타로와 관련된 좀 더 다양한 책과 타로 덱들이 출간되기 시작한다. 그랜드마스터 레이철 폴락의 『타로 카드 100배 즐기기』(이선화 역, 물병자리, 2005)와 『럭키 타로북』(구민희 역, 재미주의, 2017)이 출간되었다. 다. 특히 『럭키 타로북』 출간에 맞춰 웹툰 《양말도깨비》를 그린 만물상 작가가 새로 타로 카드를 그려 호평을 받았다. 2014년 델로스 작가는 『델로스 타로』를 유캔펀딩에서 펀딩을 받아 출간하고, 타로 일러스트를 전시하기도 하였다. 이후 텀블벅 등 여러 펀딩 사이트를 통해 여러 일러스트레이터들이 타로 카드를 선보이게 되었다. 2020년부터 2021년 초까지 서로빛나는숲 출판사에서 '타로카드 총서' 시리즈가 출간되었다. 점점 더 많은 타로 카드와 타로 책들이 번역되거나 새로 출간되며, 타로에 대한 그런 희한한 괴담들도 점차 사라지고 있다.

이제부터 살펴볼 메이저 카드에는 "안다는 것"에 대한 이야기가 나온다. 책도 없고 카드를 구입하는 것도 쉽지 않았던 PC 통신 시절이 마치 달빛 아래를 걷는 것처럼 어둑어둑한 길에서 희미한 빛의 단편들을 좇는 과정이었다면, 수많은 책이 나오고 낯선 나라의 카드도 인터넷으로 바로바로 주문할 수 있는 지금은, 확실히 예전보다 더 많은 것을 알 수 있게 되었다. 괴담들이 희미해지고 있다는 것은, 그만큼 우리가 잘못된 정보나 미신에 사로잡히지 않고 원하는 것을 찾아볼 수 있게 되었다는 뜻이다. PC 통신 동호회가 어떤 세대에게는 향수의 대상이 될지언정, 마치 잃어버린 황금시대인 듯 이상화할 필요가 없는 것도 그런 이유다.

PART 2

창작자의 도구, 타로 카드

타로 카드는 22장의 메이저 카드와 56장의 마이너 카드로 이루어져 있다. 마이너 카드는 네 원소의 속성별로 1에서 10까지의 변화와 네 사람으로 이루어진 코트 카드가 있다. 즉 속성별로 열네 장씩 네 묶음으로 생각할 수도 있고, 속성 카드 40장과 코트 카드 16장으로 생각할 수도 있다.

당연히 이들 카드는 아무 맥락 없이 만들어지지 않았다. 애초에 속성을 나누고 원소의 성장과 변화를 담고 있는데, 맥락 없이 예쁜 그림만으로 78장을 채웠을 리는 없다. 처음에 타로 카드라는 것이 있다는 것을 알았을 때, 카드를 손에 넣기보다 PC 통신 게시판에 올라온 매뉴얼을 읽는 것이 먼저였으니 그에 대해서는 분명히 머리로 알고 있었다. 하지만 타로 카드가 정말로 하나의 이야기로 이어진다는 것, 그리고 이것이 창작자에게 무척 재미있는 도구가 될 것이라는 점을 알게 된 것은, 은림 님의 타로를 만났기 때문이었다.

◇

요즘은 외국어를 몰라도, 포털이나 쇼핑몰에서 바로 외국 물건을 직구할 수도 있고, 어지간한 사람은 직구에 필요한 통관부호를 갖고 있는 시대다. 하지만 지난 세기말, 제대로 된 타로 카드란 그렇게 간단히 손에 넣을 수 있는 물건이 아니었다. 서울에서야 이대역 근처 타로장이나 합정역 근처 인터하비 같은 데 가면 라이더 웨이트나 유니버설 웨이트 카드, 모건 그리어, 아쿠아리안, 올드 잉글리시 같은 라이더 웨이트 계열의 기본적인 덱들을 구입할 수 있었다. 하지만 서울에 자주 갈 일이 없는 사람에게는 그림의 떡이었다.

PC 통신 타로 카드 소모임에서는 때때로 외국 타로 카드를 공구하곤 했다. 하지만 학생 시절에는 주머니 사정상, 제대로 된 타로 카드를 선뜻 사는 것이 무리였다. 간단히 말해 관심은 갖고 있었지만 여건상 입문을 하지 못하고 있었다고 해야 할 것이다.

그러던 1999년의 어느 날, 애니메이션 소모임의 게시판에서 나는 창작 타로 카드를 판매한다는 글을 읽었다. '은림'이라는 아이디를 쓰시는 분이었다. 입금을 하고 얼마 지나지 않아 나는 곧 내 첫 번째 타로 카드 였던 『나무 타로』 메이저 아르카나 한 세트를 소포로 받게 되었다.

트럼프 카드 사이즈의 까만 무광 코팅 카드 스물두 장에는 순정만화 일러스트 같은 그림들이 그려져 있었 다. 그리고 설명서에는 이 카드가 판타지 소설 『나무대 륙기』에서 모티브를 딴 작품이라고 소개되어 있었다.

『나무대륙기』라니, 처음 들어보는 제목이었다. 물론 그때까지도 팬 활동의 결과물로 만들어진 타로들은 보 았다. 또 『그리스 신화 타로』나 『이집션 타로』, 『아서리 안 타로』, 『반지의 제왕 타로』와 같이, 신화나 전설, 혹 은 문학작품을 모티브로 한 타로 카드들이 있다는 것 도 알고 있었다.

하지만 아직 세상에 온전히 나오지 않은 오리지널 작품의 세계관이 타로가 될 수 있다는 생각은 하지 못 했다. 나는 스물두 장의 나는 아름다운 카드들을 들여 다보며 몇 번이나, 이름도 알지 못하는 주인공들의 이 야기를 상상해 보곤 했다. 그로부터 16년이 더 지난 뒤 에야 『나무대륙기』를 읽게 되리라는 것도, 내가 이 타로 카드를 만들고, 환상문학웹진 거울에서 활동하고, 황금드래곤 문학상을 받고, 여러 편의 소설을 쓴 은림 작가와 나란히 과학소설작가연대 조끼를 입고 함께 행사장에서 굿즈들을 팔게 될 거라는 것도, 지금 이 글을 쓰는 2021년에는 매일 사용하는 안경닦이로 은림 작가가 그린 고양이 수건을 쓰게 될 것도, 그때의 나는 아직 상상할 수 없었다.

◇

타로 카드는 이야기를 담는 틀이 될 수도, 이야기를 만드는 도구가 될 수도 있다. 나 역시 그렇다. 타로 카드의 메이저 아르카나나 마이너 카드의 1~10번의 여정은 그대로 캐릭터의 여성이 될 수 있으며, 몇몇 메이저 카드와 코트 카드들은 그 자체로 등장인물이나 조력자의 성격을 표현할 수 있다. 캐릭터성뿐만이 아니다. 글이 잘 나오지 않을 때, 타로 카드를 섞어서 튀어나오는 카드로 주인공에게 사소한 고난을 떠안겨 주는 것도 가능하다. 말해 두지만 내가 타로 카드를 글쓰기 도구로, 혹은 인물 분석 도구로 쓴 첫 번째 사람일 리는 없다. 레이첼 폴락의 『타로 카드 100배 즐기기』에서는 타로 카드를 이용한 창조적인 활동에 대해서도 짧게 다루고 있다. 글을 쓰거나 타로에서 영감을 얻어 음악을 만들거나, 타로 카드 속 캐릭터가 움직이는 대로 요가를 해 본다거나.

혹은 좀 더 적극적인 행위로, 은림 작가와 같이 자신만의 타로 카드를 만들 수도 있다. 자신의 세계관이나 이야기, 혹은 카드의 이미지에 맞는 캐릭터를 담아 직접 이미지를 그리고 인쇄소에 맡겨 카드를 만드는 것이다. 인쇄소를 통해 여러 덱을 만드는 게 아니라, 개인적으로 쓸 카드를 만든다면 더 간단한 방법도 있다. 대형 화방에서는 종이를 구입해서 원하는 크기로 재단해 올 수도 있고, U.S. Games에서는 아예 뒷면만 있고 앞면은 틀과 카드 이름을 적는 공간만 표시된 공백 카드를 판매하기도 한다. 그만큼 자신만의 타로 카드를 만들고 싶다고 생각하는 이들이 있다는 방증이다.

직접 카드를 만드는 것까지는 아니지만, 새로운 스타일로 카드를 칠해 보는 것도 가능하다. 애초에 라이더 웨이트 타로의 선화를 부드럽게 다시 채색한 것이 유니버설 웨이트 타로니까. 사용자가 직접 칠할 수 있도록 선화만 남기고 색채는 빼 버린 카드들도 있고, 타로 카드 컬러링 북도 있다. 보통 타로 카페 같은 데는 현수막에 타로 카드를 출력한 것을 걸어놓는 경우가 많지만, 전에 어느 타로 카페에서는 십자수로 타로 카드의 문양을 수놓은 것을 본 적 있었다. 아마도 무척 공이 들어가는 일이었겠지만, 직접 할 수 있다면 새로운 영감을 줄 수도 있을 것 같다. 우리가 마법사나 타로 마스터가 아니더라도, 무언가를 창작하고 싶은 사람에게 타로 카드는 재미있는 영감들을 불러일으키는 좋은 도구가 된다.

그렇게 은림 작가의 타로는 내게 몇 가지 중요한 사실을 일깨워 주었다. 마법사가 아니더라도, 타로 마스터가 아니라도, 사실은 누구나 타로 카드를 만들 수 있다는 것. 일관된 주제로 22장, 혹은 78장의 그림을 그리면, 을지로 어딘가에는 이를 카드로 제작할 업체가 있다는 것. 그리고 머릿속에 장대한 서사가 있는 사람이, 그 서사를 온전한 형태의 글로 갖추어 쓰기 전에 우선 타로 카드 형태로 정리해 볼 수도 있다는 것. 그것은 타로 카드가 단순히 만화나 애니메이션에 나오는 신비한 아이템, 혹은 점술 도구가 아니라 글 쓰는 사람들에게도 편리한 도구가 될 수 있다는 깨달음의 순간이었다.

◇

본격적으로 타로 카드의 의미와 창작에 대해 이야기를 시작하기 전에, 잠시 은림 작가에 대한 이야기로 돌아가자. 내가 처음 구입했던 『나무 타로』의 「미드나이트 버전」* 이후에도, 은림 작가는 여러 타로를 만들었다. 『나무 타로』의 「화이트 클래식 버전」과 마이너 카드들, 『참을 수 없는 고양이 중독』이라는 이름의 사랑스러운 고양이 타로 카드, 그리고 우리나라 전설 속 괴물들을 민화 풍으로 그려낸 『앤틱 크리처』 타로가 대표적이다. 타로 카드뿐 아니다. 은림 작가는 가격이 제법 나가는 원석이나 나무 룬 대신 초심자가 쉽게 룬에 입문해 볼 수 있는 룬 카드를 제작하기도 하고, 고양이 이미지를 넣은 화투를 만들기도 했다.

하지만 20년 이상 꾸준히 이어 온 작업임에도, 은림 작가의 타로 작업은 종종 제대로 인정받지 못했다. 갖고 있는 타로 덱들 이야기를 하다가 이 타로들에 대해 이야기를 했을 때, 수집이라면 모를까 점을 보는 거라면 제대로 된 타로로 시작해야 한다는 걱정어린 조언

---

* 검정 바탕에 인쇄된 버전. 이후 같은 그림으로 흰 바탕에 인쇄된 화이트 클래식 버전이 따로 나왔다. 같은 그림이지만 배경색이 바뀌는 것만으로도 상당히 이미지가 달라진다.

을 들은 적도 있었다.

U.S. Games나 Lo Scarabeo, AGMuller와 같은 타로 전문 출판사에서 나오지 않은 동인 출판물일 뿐이라고 말하기도 하고, 전문적이지 못한 타로라고 험담을 하기도 했다. 제대로 된 타로 카드라면 공인 자격증을 가지거나 여러 해 타로 리딩을 해 온 전문가가 철학과 사상을 담아 도안이나 색깔 하나하나의 의미를 생각하여 구성한 것을 일러스트레이터가 그림으로 옮겨야 하는데, 작가가 타로 카드의 전문가가 아니라는 것이다.

하지만 솔직히 말해 그런 말들은 막상 듣고 있으면 좀 우습게 느껴진다. 자신이 타로에 대해 잘 안다고 으스대면서도, 정작 자신의 철학과 사상을 담은 타로 카드를 만들 엄두도 못 내는 사람이, 만화나 드라마의 영향으로 한참 유행할 때는 물론 그렇지 않을 때에도 한결같이 20년 이상 이 작업을 계속하고, 동인 행사 등에 빠지지 않고 참석하여 카드를 소개할 만큼의 행동력과 애정을 가진 사람을 질투하는 말처럼 느껴지기도 한다. 무엇보다도 은림 작가의 타로에는 순정만화풍의 화려한 그림 속에 판타지 작가로서 스스로 만들어 낸 소설 속 세계관이 담겨 있고, 소박한 민화 속에 우리

전설과 민담 속의 괴물들이 숨쉬고 있다. 타로 카드 속에서 이야기를 찾아내는 사람에게는, 이야기를 만드는 누군가가 직접 만들어 낸 타로 카드 자체가 매력적일 수도 있는 것이다.

◇

그러면 이제부터 코트 카드와 메이저 카드, 그리고 마이너 카드에 대해 이야기를 만드는 작가의 관점에서 살펴보겠다. 이 방식은 점을 치기 위한 방식이 아니라, 어디까지나 창작과 타로 카드를 연결짓기 위한 방법이다. 이왕 타로 카드에 관심을 가졌는데 점을 쳐 보고 싶다거나, 카드 각각의 뜻을 세세하게 살피고 싶다면 다른 타로 카드 책들을 먼저 읽어볼 것을 권한다. 하지만 타로 카드를 창작에 활용하거나, 글 쓰다가 막혔을 때 주인공에게 새로운 시련을 부여하고 싶거나, 혹은 좋아하는 드라마에서 최애캐*의 성격을 분석해 볼 때 이 책의 방식이 도움이 될 것이다.

* 문자 그대로 '가장 좋아하는 캐릭터'. "최애"라고 쓰기도 한다. 두 번째로 좋아하는 캐릭터는 "차애".

1장 코트 카드와 캐릭터 메이킹

사실 적지 않은 창작자들이 우리가 보통 비과학적이라고 분류하는 것들에 관심을 보인다. 이를테면 사주나 성명학을 공부하기도 하고, 그림을 그리는 이들 중에는 관상을 공부했다는 이들도 드물지 않다. 물론 경쟁 작가나 담당 편집자를 사주 관상으로 풀어보고 운때를 맞추기 위해 이런 복잡한 것들을 굳이 공부하는 것은 아니다. 이런 지식들은 주로 캐릭터 구축에 사용된다. 이를테면 현실적인 캐릭터를 만들기 위해 캐릭터의 몇몇 성격을 정하고, 그 성격에 맞는 육신(六神)과 캐릭터의 나이에 맞는 사주를 짜서 인생 굴곡의 디테일한 부분을 참고하기도 하고, 이야기의 주역들이야 관상에 상관없이 미형으로 그려야 하지만 조역들은 관상에 맞춰 성격대로 설정하기도 한다. 옛날에 어느 드라마 작가는 주인공의 이름과 생일을 그 성격에 맞추어 역술인에게 받아 왔다더라 같은 전설 같은 이야기도 있다.

작가들이 때때로 mbti나 애니어그램 같은 것에 관심을 갖는 것도 마찬가지다. 이들은 유사심리학에 열광하는 것이 아니라, 캐릭터를 만드는 도구, 정확히는 캐릭터 유형을 분석하는 도구가 필요하기 때문에 이런 것들을 찾고 있다. 옛날에 나온 만화책들을 보면, 캐릭터 소개 페이지에 별자리와 혈액형이 꼭 들어가 있는 것을 볼 수 있었다. 별점이나 혈액형 심리학이 얼토당토않은 이야기라는 것은 다들 알고 있지만, 당시에는 이런 정보들이 캐릭터를 이해하는 데 힌트가 되기도 했다. 성격이나 갈등, 때로는 혈액형으로 밝혀지는 출생의 비밀도 포함해서.

캐릭터를 만들다 보면, 자기가 만들기 편한 속성의 인물만 계속 만들게 되는 경우가 생긴다. 하지만 그렇게 편향적으로 캐릭터를 만들면 현실감이 떨어지고, 갈등관계를 구체적으로 만드는 데 어려움이 생길 수 있다. 캐릭터들을 만들 때 굳이 카테고리를 고려해야 하는 것도 이 때문이다. 이들은 어떤 캐릭터가 더 필요

한지, 어떤 캐릭터가 너무 많은지를 기준짓는 잣대이
자, 캐릭터에 더 풍부한 성격과 서사를 부여하는 도구
다. 타로 카드로 치면, 우선 펜타클, 컵, 완드, 소드라는
네 가지 속성이 있다. 이 속성은 각각 땅과 물, 불과 바
람이라는 네 원소와 연결되며, 이들은 각각 이상과 현
실, 합리와 감정, 보수와 진보와 같은 성격들을 보인다.

	현실적 합리적	이상적 감정적
보수적 안정적 음(-)	펜타클 땅	컵 물
진보적 진취적 양(+)	소드 공기	완드 불

속성 외에도, 코트 카드에는 몇 가지 변수가 더 주어
진다. 코트 카드는 페이지와 기사, 여왕과 왕으로 나눌
수 있는데, 이들은 딱 보기에도 트럼프 카드의 J, Q, K
과도 닮아 보인다. 이들 네 카드는 종종 사람의 성숙 단

계를 상징한다. 페이지가 아직 성장 중인 사람, 기사는 야심 많은 청년, 왕과 여왕은 안정기에 접어든 성숙한 상태라는 식이다. 그러면 좀 더 구체적으로 살펴보자.

페이지는 아직 성장 중이고, 청소년이나 어린이와 같은 속성을 갖고 있다. 아직 견습생이자 이제 막 이 분야에 뛰어든 초심자로, 앞날이 기대되는 존재다. 『은하영웅전설*』의 율리안 민츠 같은 총명한 소년 캐릭터가 여기 속한다. 하지만 아무리 뛰어나도, 초심자는 아직 미숙하다. 이 카드는 이런 가능성과 미숙함을 함께 담고 있어, 메이저 아르카나의 광대 카드와 연결된다.

펜타클 페이지는 안정지향적이고 현실적이다. 캐릭터라면 조금 밉살스러운 어린애나 애늙은이처럼 보일 수도 있겠지만, 기본적으로는 영리하다. 우리에게 익숙한 캐릭터라면 역시 손에 돈을 들고 있다는 점까지 포함해 『열두 살에 부자가 된 키라**』가 아닐까? 손에

---

* 다나카 요시키의 SF 소설. 37세기 우주를 배경으로 은하제국과 자유행성 동맹의 대립을, 역성혁명에 성공한 젊은 황제 라인하르트 폰 로엔그람과 불패의 제독 양 웬리의 대결을 통해 보여 준다.

** 보도 섀퍼의 경제 동화. 평범한 소녀 키라가 말하는 개 머니와의 만남을 통해 돈을 모으고 투자에 대해 배워 간다.

돈을 들고 있는 이 어린이는 미래에 착실히 돈을 벌어 안정적으로 살고 싶다는 욕망을 품고 있다. 아직 나이가 어리고 경험이 부족해 얻을 수 있는 일자리는 알바 정도이고, 열심히 일하지만 효과적으로 돈을 모으는 것은 쉽지 않다. 돈을 모아서 관리해 보려고 해도, 실패할지도 모른다. 하지만 펜타클 페이지는 실패를 바탕으로 다음번에는 좀 더 좋은 결과를 얻을 만큼 영리하다.

컵 페이지는 천진난만하며 친절한 어린 아이다. 아마도 속성별로 페이지를 늘어놓는다면, 이 페이지 컵이 가장 어린 아이일지도 모른다. 이 아이는 다른 사람의 말을 잘 따르는 착한 아이로, 누군가의 부탁을 쉽게 거절하지 못한다. 다른 사람이 무리한 부탁을 하더라도 칼같이 맺고 끊지 못하다 보니, 손해를 보거나 바보 취급을 당할지도 모른다. 소년 만화에서 주인공의 어린 시절 소꿉친구, 혹은 여동생 캐릭터들이 이런 성격으로 나오는 경우가 많다. 착하고 다정한 이 아이는, 어쩌면 다른 사람에게 사랑받기 위해 자신을 맞춰 주고 있는 것인지도 모른다. 그러니 조금 더 세심하게 살펴

주어야 하지 않을까?

완드 페이지는 꿈도 목표도 많다. 어제의 장래희망은 대통령이었고, 오늘의 우주 조종사고, 내일은 유튜브 스타인 것처럼, 하고 싶은 일이 너무나 많다. 하지만 꿈은 많은데 아직 뜬구름 잡는 것 같다 보니, 실수도 많고 사고도 많다. 매 화마다 새로 하고 싶은 일들이 나타나고, 또 실수를 저지르고 사고를 치며 교훈을 얻던 명랑 만화 주인공들이 여기 속한다. 완드는 목표이면서, 한편으로 욕망을 상징하다 보니, 만약 이 페이지 완드가 청소년이라면 아무 데서나 만남과 연애를 추구하는 캐릭터가 될지도 모른다. 물론 혼자 금세 사랑에 빠지고, 상대는 별 마음도 없는데 혼자서 북 치고 장구 치며 자기가 사랑에 빠졌다고 착각할 뿐, 진지한 연애가 되려면 이 캐릭터는 좀 더 성장해야 할 것이다.

소드 페이지는 똑똑하고 영리하다. 자기 생각이 있고 판단도 빠르며, 어른의 눈치도 제법 잘 살필 것이다. 하지만 그렇다 해도 아직 미숙한 단계다. 제법 그럴듯한 계획을 세우지만 종종 허점이 발견되고, 어른의 세계에 바로 받아들여지지는 못한다. 어쩌면 용기를 내어 무모하게 덤비다가 실패를 경험할지도 모른다. 하지만 그게 나쁜 일만은 아니다. 페이지 소드는 종종 그 실패에서 뭔가 배워 올 만큼 영리한 아이다.

이와 같은 펜타클은 실제로는 어린이가 아니더라도, '상대적으로 연하인' 인물일 수도 있다. 직장이 배경이라면 아직 학생 티를 못 벗은 신입사원이나 취업 준비생, 알바생 캐릭터다. 여담이지만 타로 점을 볼 때, 갑작스럽게 펜타클 페이지나 펜타클 컵이 나오는 것은 종종 임신을 뜻하기도 한다.

기사는 젊고 유망한 청년이다. 『미생*』에 나오는 장그래의 동기들, 혹은 그 위의 대리들처럼 경쟁사회에서 살아남았고, 야심을 품고 있는 주도적인 인물이다. 이들은 직장에서는 유능하고 능숙한 실무자이고, 상사에게 두루두루 인정받는다. 주도적으로 자신의 일을 해 나갈 수 있지만, 때로는 성급하게 굴기도 하고, 때로

---

* 윤태호의 웹툰 및 동명의 드라마로 인기를 모았다. 바둑에 모든 것을 걸었다가 실패한 장그래가 대기업 원 인터내셔널에 인턴으로 입사하여 사람들과 만나며 반상에서는 패배했지만 인생은 이제 시작이라는 것을 깨닫는다.

는 주도권을 자기가 가져오려다가 일을 그르치기도 한다. 이 카드는 메이저 아르카나의 전차 카드와 연결된다. 기사들은 다른 카드와 달리 말을 타고 있다. 말은 추진력을 상징하는데, 각 속성의 기사들마다 말이 움직이는 정도가 다른 것에 주목해 보자.

펜타클 기사가 타고 있는 말은 그 자리에 가만히 서 있다. 무한경쟁사회를 살아가는 젊은 기사가 한 자리에 그대로 서 있기만 한다는 것은 그가 안정을 희구하는 인물임을 뜻한다. 펜타클 기사 본인은 지금 자기 속도대로 가고 있지만, 다른 사람이 보기에는 이 경쟁사회를 제대로 헤쳐나갈 수 있을지 조금 걱정스럽기도 하다. 하지만 펜타클 기사가 가만히 서 있다고 해서, 그가 아무것도 하지 못할 것이라고 생각한다면 오산이다. 어쩌면 『Q.E.D. 증명종료*』의 주인공 토마 소처럼, 그는 힘을 숨긴 채 자신이 나설 때가 될 때까지 신중을 기하는 것뿐일지도 모른다. 보통은 안정적인 공무원이나, 보수적인 인물, 주인공이 마구 설치고 나댈 때 신

---

* 가토 모토히로의 만화. 주인공 토마 소는 불세출의 천재라 불리며 MIT 수학과에서 리만 가설을 연구하고 15세에 졸업했지만, 다시 일본으로 돌아와 평범한 고등학생으로 생활하고 있다.

중해야 한다고 말하는 동료 등이 여기 해당한다.

컵 기사의 말은 천천히 앞으로 나아간다. 그는 마치 질 문자에게 무언가를 이야기하려는 듯, 앞을 보고 자신의 감정과 마음을 상징하는 컵을 들고 있다. 카드의 배경에는 강이 흐르고 있어, 이 기사가 무척 상냥하고 부드러우며 감성적인 인물이라는 것을 보여 주고 있다. 직업운이라면 사람을 상대하는 일, 업무적인 제안이나 사람의 마음을 끄는 여러 아이디어를 내놓는 일, 서비스 직종을 의미한다. 『리얼 클로즈*』처럼 직장 여성이 주인공인 레이디스 코믹에서 주인공 캐릭터가 이 포지션인 경우가 많다. 한편 컵 기사가 로맨스에 얽힌다면, 그야말로 백마탄 왕자처럼, 로맨틱한 프로포즈나 청혼을 하는 캐릭터일 수도 있다.

완드 기사의 말은 앞으로 나아간다. 이 기사는 불의 정령인 샐러맨더 문양이 그려진 옷을 걸치고, 불꽃 같은

---

* 마키무라 사토루의 만화 및 동명의 드라마. 백화점의 이불 코너 담당 사원이던 키누에는, 우아하고 강인한 직장 상사 진보 미키 부장에게 발탁되어 여성복 매장의 매니저가 되고, 진보 부장과는 또 다른 방식의 감성적인 세일즈를 통해 성장해 간다.

주황색 깃털을 달고 있다. 그는 활기차고 주도적인 사람으로, 주변인들을 고양시킨다. 친구들과 만나고 술자리를 주도하며 앞서가는, 그야말로 다혈질 인사이더다. 그는 호기심이 많고 뭐든 건드려 보며 분위기를 쉽게 끌어올리고 임기응변에 능하다. 마치 『Q.E.D. 증명종료』의 또 다른 주인공, 미즈하라 가나˙처럼 말이다.

소드 기사는 칼을 들고 말을 달리고 있다. 이 기사는 다른 기사들 중 가장 빠르게 움직인다. 출세를 추구하는 성공지향적인 인물이 바로 이 사람이다. 술을 마시더라도 친구들과 즐거워하는 것보다는 얼굴 도장을 찍으러 왔다가 분위기 봐서 적당히 일어나는 사람, 술을 마시거나 놀아도 일에 지장이 없을 만큼만 하는, 맺고 끊는 것이 분명한 사람이다. 이런 인물은 종종 이야기 속에서 주인공의 라이벌, 혹은 능력 있는 악역으로 나오기도 한다.

---

* 『Q.E.D. 증명종료』의 주인공. 경찰의 딸로 운동신경이 뛰어나며 관찰력이 좋다. 아버지가 수사 중인 복잡한 사건부터 학교에서 벌어지는 사소한 일까지, 도움이 필요한 일이 있으면 쫓아가서 건드려보고 탐정 역인 토마 소를 사건에 끌어들이는 장본인이다.

왕과 여왕은 성숙한 인물로, 보통은 30대 이상이다. 이들은 이들은 직장에서는 상사이자 권력자이고, 질문자보다 연장자를 의미하며, 종종 나이와 상관없이 지위가 높거나 현명한 이들을 의미하기도 한다. 만약 로맨스를 만든다면 이들 커플이 주인공이 될 것이다. 설령 주인공의 실제 나이가 어리다고 해도 큰 문제는 되지 않는다. 신체적인 나이보다는 성격의 문제이기 때문이다. 이를테면 여러 번 죽었다가 다시 회귀하거나 환생한 캐릭터는, 신체적인 나이는 아직 어리더라도 훨씬 성숙하고 신중하게 행동할 것이다.

이들은 종종 결혼한 이들을 상징하며. 메이저 아르카나의 Emperor와 Empress와 연결된다. 그러다 보니 로맨스 등에서는 왕과 여왕을 커플로 생각하면 편리하다. 이때 남성 캐릭터라고 해서 반드시 왕에, 여성 캐릭터라고 해서 반드시 여왕에 대입할 필요는 없다. 오히려 캐릭터의 실제 성별에 상관없이, 독자가 이입할 수 있는 주인공을 여왕으로, 그 연애의 대상을 왕으로 두고 짜맞추면 편리하다. 동성 커플이라고 해도 상관없다. 정신적으로 성숙한 이들은 첫눈에 반하는 사랑 같은 것은 하지 않는다. 오히려 정략결혼이든 무슨 이유든 신중하게 밀고 당기며 독자를 쥐었다 놓았다 하는 연애에 어울린다. 이들은 쇼윈도 부부부터 동지애에 가까운 결혼 생활, 문자 그대로 날이면 날마다 사랑과 전쟁까지, 속성별 조합에 따라서 다양한 경우를 만들어낼 수 있다.

여왕과 왕으로 메인 커플을 만들었는데, 만약 여기에 한 명을 추가해서 삼각관계를 만든다면 어떨까? 이때는 아예 속성이 완전히 다른 새로운 왕을 한 명 더 끌어다 넣는 것이 무난하다. 노련함과 풋풋함을 대비시킨다면 비슷한 속성의 기사를 추가해도 된다.

펜타클 여왕은 자신의 무릎에 놓인 펜타클에 집중한다. 이 펜타클은 요람의 아이일 수도 있고, 자신의 왕국일 수도 있다. 펜타클은 기본적으로 풍요를 상징하다 보니, 그는 재산이 많거나 적어도 재정 면에서는 부족함이 없는 환경에서 자랐다. 그는 헌신적이고 자신이 갖고 있는 것들을 단단히 지키려 하며, 지금의 현재 상태를 유지하려 한다. 하지만 펜타클 여왕은, 인사이트가 넓은 사람은 아니다. 그는 성 밖으로 나간 적이 없는 여왕이고, 그러다 보니 지금 눈앞에 있는 것을 지키기 위해 무리한 선택을 하는 경우도 있다. 로맨스 소설에서 종종 보이는, 왕국이나 가문, 집안의 재산을 지키기 위해 정략결혼을 하는 주인공들이 여기 속한다.

펜타클 왕은 보수적이고 안정적인 남자다. 그는 일적인 면에서도 가정적인 면에서도 모험을 하지 않는다. 갑자기 사업을 벌이겠다고 나서지도 않고, 바람을 피우는 일도 드물다. 착실하게 돈을 모으고 안정적인 곳에 투자한다. 재정적으로도 안정되었을 가능성이 높다. 전통적 측면에서 펜타클 왕은 이상적인 남편이자 가부장이었다. 부유하고 주인공에게 성실한, 실장님이나 재벌 3세 캐릭터들이 여기 속한다. 게임 '러브 앤 프로듀서*'의 이택언 같은 캐릭터가 여기 속한다. 하지만 이 속성은 캐릭터의 매력을 제대로 끌어내지 못한다면, 배우자로서는 적합해도 연인으로는 다소 부족한, 심심하고 재미없는 약혼자 캐릭터 등이 될 수도 있다.

---

* LOVE & PRODECER(恋与制作人). 중국 모바일 게임 개발사 페이퍼게임즈(叠纸游戏)에서 출시한 여성향 연애시뮬레이션 게임으로, PD인 아버지가 돌아가신 뒤 경영난에 빠진 방송 제작사를 이끌게 된 주인공이 초능력 'Evol'을 지닌 네 남자와 만나며 연애와 경영, Evol에 얽힌 비밀을 밝혀 낸다.

만약 펜타클 여왕과 왕이 가정을 꾸린다면 어떤 모습일까? 착실하고 이상적인 가부장과 헌신적인 현모양처의 조합은, 전통적인 측면에서 완벽한 가정으로 보일 수도 있다. 하지만 현대의 관점에서는 그림으로 그려놓은 듯한 가부장적인 가정으로 보일 수도 있다. 일단 제대로 커플이 된 뒤 이들은 성실하게 서로 사랑하지만, 펜타클 여왕은 아이가 태어나면 아이에 집중하다 보니 다소 그 열정이 수그러들 수도 있다. 로맨스 소설의, 두 사람의 2세가 태어난 뒤의 후일담 같은 풍경이 되지 않을까.

컵 여왕은 포근하고 다정하며 상대의 말을 잘 들어주어, 어른스럽다는 인상을 준다. 사람들은 컵 여왕에게 의지하고 기대며, 속내를 털어놓게 된다. 동생들을 여럿 둔 장녀처럼 누군가를 돌보는 데 익숙하다 보니, 선생님처럼 자신보다 어린 사람들을 상대하는 직업, 의료인처럼 자신보다 약한 이들을 돌보는 종류의 직업, 다른 사람의 감정을 헤아리는 서비스 직종일 수도 있다. 현대물이라면, 마치 야수처럼 포악한 상사를 잘 길들이는 유능한 비서일 수도 있다. 몇 년 전 로맨스 소설 쪽에서 한참 유행하던 비서물의 주인공들처럼, 혹은 『미녀와 야수』의 주인공처럼, 컵 여왕은 이들을 돌보고 길들여 결국 자신의 뜻대로 움직인다. 마치 메이저 아르카나의 힘 카드 같은, 외유내강형 인물이다. 만약 이 캐릭터가 조연이라면, 이 인물은 주인공을 돌봐주거나 다른 여성들과 두루두루 친하게 지내며 자매애를 쌓는 인물일 수도 있다. 혹은 오지랖이 넓거나 주변의 소문을 주무르는 수다쟁이 캐릭터일 수도 있다. 독자들은 어쩌면 이 캐릭터가 썩 머리가 좋진 않을지도 모른다고 생각하고 마음을 놓을 수 있지만, 반드시 그런 것은 아니다. 이를테면 분홍색 털실 머플러를 뒤집어 쓴 친절한 할머니 탐정, 미스 마플*처럼.

컵의 왕은 기본적으로 다정하고 온화한 성품을 지녔다. 사회적인 성공에만 몰두하기보다는 주변 사람들을 위로하고 심리적인 안정을 주는 인물이다. 주인공에게 자신의 모든 것을 맞추기 위해 노력하는 헌신적인

---

* 애거서 크리스티의 소설 주인공 중 한 명. 세인트 메리 미드 마을에 사는 할머니. 다정하고 무해해 보이는 할머니라 마치 물에 물 탄 듯 어디든 자연스럽게 들어갈 수 있고, 여러 사람들이 하는 말을 자연스럽게 들으며 단서를 모아 추리한다.

인물일 수도 있다. 앞서 컵 기사가 로맨틱한 인물이라고 말했던 것처럼, 컵의 왕도 마찬가지다. 하지만 결혼 상대가 되었을 때, 이 사람이 반드시 좋은 배우자 감이 될 수 있을까? 정이 많고 다른 사람들을 배려하는 컵의 왕은, 로맨스의 중간에 헤어진 옛 애인이 나타났을 때에도 단호하게 밀어내지 못하고 우유부단하게 굴 수도 있다. 맺고 끊는 것이 되지 않다 보니, 자신의 연심이 제대로 전해지지 않을 때 질척거리기도 한다. 유능하고 때로는 냉혹하지만 자신의 연인에게는 따뜻한 캐릭터가 보편적인 로맨스에서 이상적인 주인공의 반려라면, 때로는 우유부단하고, 종종 사회적인 성공보다는 다른 가치를 추구하는 컵의 왕은 이들 왕들 중에서는 다소 약한 편이다. 이 인물은 로맨스에서는 삼각관계의 다른 한 축으로 종종 등장한다. 혹은 만인을 사랑하지만 한 사람에겐 사랑을 쏟을 수 없는 성직자 캐릭터일 수도 있다. 순정만화에서 이 속성의 인물로서 사랑을 쟁취한 남성 캐릭터라면 『베르사유의 장미*』에

* 이케다 리요코의 만화. 동명의 애니메이션과 다카라즈카 극으로도 만들어졌다. 프랑스 혁명을 배경으로 마리 앙투아네트 왕비와 페르젠의 사랑, 여자로 태어났지만 남장을 하고 근위연대장의 자리에 오른 오스칼이 바라본 앙시앵 레짐과 혁명 초반기를 다루고 있다.

나오는 앙드레 그랑디에가 있을 것이다.

앞서 펜타클 페이지와 펜타클 컵은 어린 아이나 임신을 의미할 수 있다고 설명했다. 그러다 보니 펜타클의 여왕과 왕, 컵의 여왕과 왕은 종종 아이를 둔 양육자, 따뜻하고 가정적인 사람으로 읽히기도 한다. 하지만 펜타클 커플이 좀 더 경제적으로 안정되어 있다면, 컵 커플은 경제적인 문제를 겪을 수도 있다. 다른 사람을 돕는다고 나서다가 사기를 당하거나, 남의 보증을 섰다가 문제가 생기거나. 아그네스 자퍼의 소설 『사랑의 가족』에 나오는 페플링 가족처럼 가난하지만 행복한 가정을 꾸리는 부부가 이들 컵의 여왕과 왕에 속할 것이다.

완드 여왕은 뭐든 해낼 것 같은 의욕 넘치고 능력 있는 인물이자, 왕과 여왕들 중에서 현실적으로는 가장 함께 일하고 싶은 상사다. 그는 목표를 세우고 쭉 나아가면서도 융통성을 잃지 않으며, 자기 사람이라고 생각하면 두 팔 걷어붙이고 챙겨 주는 의리 있는 사람이다. 밖에서는 일을, 집안에서는 살림과 육아까지 뭐든 척

척 해내는 이 사람의 비결은 주변 사람들과 도움을 주고받는 것. 친구도 많고, 다른 사람을 잘 돕고, 주변의 도움을 받는 것도 마다하지 않는다. 다혈질이고 호탕한 보스 같은 성격 때문에 성별 상관없이 동료들과 잘 어울리고 있겠지만, 그러다 보니 로맨스 소설의 주인공이라면 시작하자마자 "한 번도 연애 상대로 본 적 없었던 10년지기 친구랑 술을 마셨는데 자고 일어나 보니 한 침대에 있었다"는 류의 로맨스 주인공이 될 수도 있고, 요즘이라면 컵의 왕처럼 우유부단한 상대를 휘어잡아 연애를 주도하는 인물로 나올 수도 있다. 사실 완드 여왕 스타일의 주인공이라면 굳이 누군가와 연애를 하지 않더라도 주인공으로서 인생을 잘 헤쳐나가겠지만, 사랑에 빠지더라도 로맨스 역시 자신이 주도할 수 있을 것이다. 과거에는 이런 주인공이 사랑에 빠지면 갑자기 약해지는 모습을 보이거나, 밖에서는 주도적인 인생을 살더라도 가정에서는 한 수 접어 주는 식으로 묘사되었다면, 지금은 모든 면에서 강인하고 주도적인 인물도 독자가 이입할 수 있으니까.

완드 왕은 기본적으로 유능한 사람이다. 호탕하고 성격이 화끈한 기분파이며 자신을 과시하는 이 사람은 옛날 같으면 영웅호걸 타입이었을 것이다. 삼국지에 나오는 장수들 중 호걸로 분류되는 이들, 대표적으로 장비 같은 인물이 완드 왕에 해당한다. 하지만 하지만 영웅호걸이란 종종 술과 가깝고, 목소리 크고, 폭력과도 가까운 사람이다. 이들은 매우 마초적이고 지나치게 사나이다운 인물로, 조폭이나 야쿠자 두목 캐릭터들도 여기 속한다. 『멋진 남자 김태랑』의 주인공 야지마 킨타로는 폭주족 리더 출신으로, 바다에서 조난당한 야마토 건설 회장을 구해준 인연으로 야마토 건설에 취업한 이래 수많은 문제들을 마초적으로 밀어붙여 승승장구한다. 이렇게 운과 인맥이 받쳐 주어 잘 풀리면 호걸 같은 보스가 될 수도 있지만, 자칫 잘못되면 술을 먹고 권력을 과시하며 폭력을 휘두르는 주폭이 될 수도 있는 것이다.

완드 여왕과 완드 왕이 꾸리는 가정은 어떨까? 상황이 좋고 성격만 맞는다면 두 사람은 최고의 친구처럼

---

* 모토미야 히로시의 만화. 원래 제목은 『サラリーマン金太郎』(샐러리맨 킨타로)인데, 과거 일본 문화 개방 전 수입되며 이름의 한자를 그대로 읽어 김태랑이 되었다.

잘 지낼 수도 있다. 함께 일하고 일 끝나면 술 마시고 주말에는 함께 여행을 가거나 활동적인 취미를 즐기는 파트너가 될 수도 있고, 함께 팔 걷어붙이고 사업을 할 수도 있다. 하지만 이들이 서로 성격이 맞지 않거나 상황이 악화될 경우, 서로 참지 않는 이들은 수시로 싸우고, 자칫 가정폭력으로 이어질 수도 있다.

소드 여왕 역시 완드 여왕처럼 일에 매진하는 타입이다. 하지만 소드 여왕은 완드 여왕처럼 주변 사람들을 챙기는 보스 기질을 발휘하지는 않는다. 그는 사람들을 이끌고 고양시키기보다는 좀 더 현실적인 일에 매진하는 타입이다. 그는 지적이고 집중력이 뛰어나며, 다른 사람들이 생각하지 못하는 형이상학적인 지점까지 먼저 생각하며, 지극히 정신적인 인물이다. 자신에게 엄격한 면도 있기 때문에 이 몰입이 심해지면 때로 현실성을 잃거나 우울증으로 고통받는 경우도 있다. 그는 자신의 정신활동에 잡음이 끼어드는 것을 바라지 않기 때문에 가족들이나 동료들과의 관계보다는 자신의 일에 집중하고, 연애나 결혼에는 관심을 보이지 않는 경우가 많다. 사실 타로 점에서 이 카드가 나왔을 때에는, 종종 "지위가 높은 비혼 여성, 혹은 결혼했더라도 이혼하거나 사별해서 지금은 혼자인 여성"으로 해석된다. 과거의 학원물에서는 반장들이 이런 타입인 경우가 많았고, 로맨스에서라면 눈의 여왕이나 얼음 공주 같은 별명이 붙을 법한 인물로 묘사되며, 냉정하고 자신의 의무에 충실하던 여성이 우연히 사랑에 눈을 뜨며 자신의 약한 점에 눈을 뜨는 전개로 가기도 한다. 경우에 따라 남편과는 쇼윈도 부부로 지내기도 한다. 『재혼황후』 초중반부의 나비에 황후가 이런 타입이다. 이런 타입의 인물은 내향적인 책사들, 명탐정, 지적이고 오연한 인물들로, 성격에 따라서는 계략을 쓰는 캐릭터가 되기도 한다. 굳이 로맨스의 한 축으로 만들지 않더라도 충분히 흥미진진한 인물상이다.

소드 왕 역시 마찬가지다. 내향적이지만 일에 매진하는 권력자인 이 사람은, 옛날 같으면 적을 무찌르고 목표를 이루기 위해서라면 얼마든지 냉혹해질 수 있는 책사나 장수, 혹은 천하를 손에 넣었지만 고독한 군주에 해당한다. 하지만 의외로 이 타입은 "어린 시절의 상처를 여전히 안고 있다. 내면에는 사랑받고 싶은 마음이 있다"는 약점을 조금만 넣어 주면 얼마든지 로맨스에서 잘 활용된다. 일만 아는 냉혈한 실장님, 가차없이 기업 인수 합병을 하며 필요하다면 자신도 정략 도구로 삼아 결혼을 하는 경영자, 수많은 형제들 중에서 승리하여 기업이나 가문을 물려받았지만 사방에는 적뿐인 젊은 당주 같은 타입이 이에 해당한다. 물론 어린 시절의 상처 같은 것이 없더라도, 요즘은 다 쓰이는 데가 있다. 깔끔하게 정돈된 것을 좋아하는 이 냉혹한 사람은, 먼지 하나 없이 무채색으로 꾸며진 방에, 냉장고는 텅 비어 있고 에비앙 생수만 줄 맞춰서 있을 것 같은 소위 "리디광공"형 캐릭터로도 활용될 수 있다.

만약 다른 속성이 소드 여왕이나 소드 왕과 결혼이나 연애를 할 때, 소드는 그다지 힘들 게 없다. 힘들어지는 것은 다른 속성의 인물이다. 그는 조용한 전쟁터의 한복판에 선 인물이고, 자신이 몰입하는 일을 방해하는 것을 용납하지 않으며, 자기 생활반경에 남을 잘 들이지도 않고, 기대하는 다정함을 돌려받기도 어렵다. 한마디로 이들은 "주인공 캐릭터의 가장 난이도 높은 공략 대상"이 될 것이다. 현실에서도 그렇다. 하다못

해 부부싸움을 하더라도, 논리적으로 자기 할 말을 다 해 버리는 이 사람을 말로 이기는 것은 무척 어려운 일이 될 것이다. 하지만 소드 여왕과 소드 왕이 파트너가 되었을 때, 의외로 이들은 사이좋고 평화로울 것이다. 열정적인 사랑이나 정서적으로 편안한 관계는 아니라 해도, 이들은 서로 선을 그어 놓고 잘 침범하지 않으며, 돈 문제든 생활 문제든 깔끔한 데다 책임감도 있으니 좋은 파트너로 지내는 것이 가능하다.

2장 메이저 카드와 영웅의 여정, 그리고 광대의 여행

타로 카드에 대한 책에는 종종 '광대의 여행The Fool's Journey'이라 해석되는 이야기가 나온다. 이 이야기는 PC 통신 동호회 등에서도 조안 버닝의 웹사이트(Learning the Tarot)와 동명의 저서 『Learning the Tarot』(Weiser Book, 1998)에 수록된 내용이 번역되어 들어오며 널리 알려져 있었다.

광대의 여행은 타로 카드의 0번인 광대The Fool를 주인공으로 삼은 인생, 혹은 모험의 은유다. 하지만 여기서 말하는 인생은 "태어날 때부터 죽을 때"까지를 의미하는 것은 아니다. 이것은 인생의 여러 단계를 통해 반복되는 과정, 어떤 단계에 입문하여 그 단계를 완전히 마스터하고 다음 단계로 나아가기 위한 여정을 메이저 아르카나 스물두 장, 0번부터 21번까지의 카드를 통해 요약한 것이다.*

그중 첫 번째, 0번 카드는 광대The Fool 카드다. 해석하자면 바보라는 뜻이지만, 그가 정말로 아무것도 모른다는 뜻은 아니다. 그는 이전 단계에서 배워야 할 것을 모두 배우고 나왔지만, 지금 새롭게 시작하는 이 모험에 대해서는 아는 것이 없을 뿐이다.

광대의 등 뒤에는 마치 파도처럼, 혹은 험하고 높은 산처럼 보이는 것이 있다. 광대는 마치 파도에 뒤덮일 것 같은 위험에 처한 듯 보이지만, 한편으론 높은 곳에서 세상을 내려다보는 것일 수도 있다. 공자는 뒷동산에 올라가 노나라를 작다고 했고, 태산에 올라선 천하를 작다고 했다는 얘기가 있다. 어쩌면 광대는 세상을 내려다보며 원대한 꿈을 꾸는 어린이일지도 모른다.

광대의 뒤쪽에는 작은 집이 있다. 그 집은 어린 광대의 출발점이자, 알이다. 헤르만 헤세의 『데미안』에는, 수많은 사람들이 자신의 노트와 다이어리에 적었고, 캘리그래피를 시도해 보던 이들이 한 번쯤은 휘갈겨 써 보았으며 그 소설을 읽어 보지 않은 사람도 들어 본

* 이 챕터에서 카드의 그림에 대해 묘사한 것은 따로 설명이 없는 한 라이더 웨이트 카드에 대한 것이다.

유명한 문장이 나온다.

"새는 알에서 나오려고 투쟁한다. 알은 세계이다. 태어나려는 자는 하나의 세계를 깨뜨려야 한다. 새는 신에게로 날아간다. 신의 이름은 압락사스.*"**

새가 태어나기 위해 하나의 세계인 알을 깨뜨리고 나오려 하듯이, 사람은 어느 정도 성장하고 나면 자신이 머무르던 세계를 깨고 나와야 다음 단계로 나아가고, 더 성장할 수 있다. 세계를 깨뜨린다니, 너무 무시무시하고 거창한 이야기처럼 들릴 수도 있지만, 평범하게 설명하면 이런 이야기다. 모태에서 아홉 달을 자란 태아는 양수 가득하던 아늑한 모체를 벗어나 세상에 태어나야만 한다. 유치원에서 행복하고 즐거운 시간을 보내던 어린이는 때가 되면 "사랑하는 유치원을 떠나가게 되었네" 하고 졸업 노래를 부르며 초등학생이 되어야 한다. 어떤 단계는 살아남기 위해 반드시 깨고 나와야 하고, 어떤 단계는 자신의 선택으로 결정할 수도 있겠지만, 사람의 성장은 이와 같은 단계들을, 건물의 한 층 한 층을 거듭하여 오르듯이 밟아나가며 이

* 『데미안』, 헤르만 헤세, 전영애 역, 민음사, 1997.

루어진다. 매 단계마다 두려움을 이겨야 하고, 용기를 갖고 나아가야 한다. 이때 층과 층 사이, 열심히 걸어가는 광대(0번 카드) 앞에 놓인 1번에서 21번까지, 스물한 개의 계단이 바로 메이저 아르카나다.

광대 카드는 0번이다. 스물두 장의 카드 중 광대 카드만은 자연수가 아닌 번호가 붙어 있다. 이는 광대가 이 여정의 주인공, 이 단계를 밟아가는 입문자이자 우리들 자신의 대변자이기 때문이다. 광대는 새로운 시작을 맞이했고, 아직 이 단계에서 겪게 될 고난에 대해 아무것도 모르기 때문에 용감하다. 아마 조금은 들떠 있을 것이다. 많은 카드에서 광대는 여행 봇짐을 들고 이제 막 새출발을 하는 모습인데, 그의 발 앞에는 진흙탕이나 벼랑, 가파른 비탈이 놓여 있기도 하고, 강아지가 짖으며 위험을 경고하기도 하지만 그는 눈치채지 못하고 있다. 하지만 고생이 되고 괴로움을 겪더라도, 이것은 미래를 위한 독립의 과정이다. 어제의 자신보다 조금 더 나아진 자신을 위해, 상승하고자 하는 의지를 품고 앞으로 나아가는 것이다. 그는 텅 비어 있지만 NULL이 아니라 0이기 때문에, 앞으로의 여정을 통해 성장하고, 자신을 채워 갈 것이다. 이 단계에서 소위

"만렙"을 달성할 때까지. 이처럼 시작은 어쩐지 어설퍼 보이는 광대의 여행은, 아직 세상 물정을 잘 모르는 젊은이가 어떤 이유로 모험을 시작한다는, 영웅 신화의 보편적인 행보와도 비슷해 보인다.

많은 판타지와 그 원형이 되는 신화나 민담에서 소년 소녀 주인공들은 처음에 자기가 자란 작은 마을에서 시작한다. 모험을 떠나기 앞서 여기서 세계관 전체를 둘러보고, 어떤 계기로 모험을 시작한다. 그 과정에서 주인공들은 정신적 스승을 만나기도 하고, 시험에 들기도 하며, 유혹을 당하거나 죽음의 위기를 넘기기도 한다. 가장 흔한 예로 〈스타워즈〉의 루크 스카이워커가 있다.

비교신화학자 조지프 캠벨은 『천의 얼굴을 가진 영웅』(이윤기 역, 민음사, 2018)에서 이와 같은 신화와 민담 속 영웅 신화가 삶의 본질과 통과 의례를 어떻게 드러내고 있는지 설명하며, 다양한 문화권의 신화 속에서 영웅의 원형을 찾아 정리했다. 그에 의하면 영웅은 표준화된 개인이자 성장하는 인간이고, 영웅은 개인이 스스로를 변모시켜 깨달음을 얻는 과정이다.

출발	모험에의 소명
	소명의 거부
	초자연적인 조력
	첫 관문의 통과
	고래의 배
입문	시련의 길
	여신과의 만남
	유혹자로서의 여성
	아버지와의 화해
	신격화
	홍익
귀환	귀환의 거부
	불가사의한 탈출
	외부로부터의 구조
	귀환 관문의 통과
	두 세계의 스승
	삶의 자유

　　조지프 캠벨이 정리한 영웅의 여정은 신화 분석인
동시에 서사물 창작에도 영향을 끼쳤다. 크리스토퍼
보글러는 『신화, 영웅 그리고 시나리오 쓰기』(함춘성 역,
비즈앤비즈, 2013)에서 조지프 캠벨의 영웅의 여정을 기
반으로 영화 시나리오나 창작물에 적용할 수 있는 보
편적인 행보로 재구성했다. 보글러에 의하면 보편적인
영웅 신화는 3막, 열두 단계로 이루어져 있다.

1막	① 일상세계
	② 모험에의 소명
	③ 소명의 거부
	④ 정신적 스승과의 만남
	⑤ 첫 관문과의 통과
2막	⑥ 시험, 협력자, 절대자
	⑦ 동굴 가장 깊은 곳으로의 진입
	⑧ 시련
	⑨ 보상
3막	⑩ 귀환의 길
	⑪ 부활
	⑫ 영약을 가지고 귀환

타로 카드의 메이저 아르카나도 여기에 대응이 될 수 있을까? 물론이다. 세상에 태어났든, 집에서 나와 어린이집이나 유치원에 들어갔든, 혹은 유치원을 졸업하고 학교에 간 것이든, 이 세계에 처음 들어온 입문자는 순수한 가능성의 덩어리와 같다. 그런 광대는 사람들을 만난다.

제일 먼저 만나는 사람은 1번인 마법사The Magician이다. 젊은 남성인 마법사 머리 위에는 무한(∞)의 기호*가 보이는데, 이것은 끝없이 순환하는 진리를 뜻한다. 그의 테이블 위에는 컵, 펜타클, 소드, 완드가 놓여 있다. 이 네 가지는 서구의 마법사들이 사용하던 도구들이자, 마이너 아르카나의 4대 속성이고, 가각 물, 땅, 바람, 불, 즉 4대 원소를 상징한다. 즉 이 물건들은 세상의 삼라만상을 움직이는 법칙을 의미한다. 그리고 이 물건들을 능숙하게 다룰 수 있는 마법사란 자연의 섭리를 이해하고 응용해서 원하는 답을 찾을 수 있는 자들, 지혜와 직관으로 세상을 바라보는 이들이다.

과거 마법사들은 연금술을 다루던 이들이었다. 연금술은 수은이나 납과 같은 흔한 금속을 금으로 바꾸기 위한 연구로 알려져 있는데, 이는 수은이나 납 같은 흔하고 평범한 인간이 깨달음을 얻고 진리로 가는 정신적인 여정을 은유한 것일 수도 있다. 물론 현실에서는 사기에 가깝고, 어쩌다 보니 화학의 기원이 되어 버렸지만 말이다.

* 타로 카드에서 무한 기호를 머리 위에 달고 있는 인물이 나온 카드는 마법사(The Magician)와 힘(Strength)이다.

2번은 여사제The High Priestess, 혹은 여교황으로 불린다. 젊은 여성인 그는 B라고 적힌 검은 기둥과 J라고 적힌 흰 기둥 사이*에 앉아 있는데, 이 두 기둥은 밤과 낮이나 높고 낮음, 선과 악 같은 같은 서로 반대되는 개념을 뜻한다. 하지만 이 개념들은 절대적인 것이 아닌, 서로가 서로를 상호보완하거나 부연하는 상대적인 개념이다. 이들 추상적인 개념들 사이에서 여사제는 TORA라고 적힌 율법책을 손에 들고 중심을 잡는다. 여사제는 그의 등 뒤에 펼쳐진 큰 물처럼 감정이 풍부한 인물이지만, 그 감정을 천막으로 가려 놓았다. 발밑의 초승달은 달의 위상 변화처럼 그가 변화하는 존재인 동시에, 규칙에 따라 주기적으로 변화한다는 걸 암시한다.

반면 3번 카드인 여제The Empress 또는 황후는 좀 더 감정이 넘쳐흐르는 인물이다. 그는 풍요로운 밀밭에 앉아 있고, 치마에는 석류가 그려져 있다. 편안해 보이는 옥좌에 앉은 여제 곁에는 하트형 쿠션이 놓여 있는데, 이 쿠션에는 비너스의 거울이 수놓였다. 옥좌의 뒤쪽

* 이 검은색과 흰색의 대립은 여사제(The High Priestess) 말고도 전차(The Chariot) 카드에서도 볼 수 있다.

에서 여제의 발치로 흐르는 냇물은 여제가 자신의 감정을 자연스럽게 드러낼 수 있는 인물임을 보여 준다. 화면 여기저기에는 풍요와 다산을 상징하는 요소들이 그려져 있으며, 여제의 드레스는 불룩한 것이 마치 임신한 것처럼 보이기도 한다. 여제는 안락하게 풍요를 누리는 권력자이며, 종종 어머니, 혹은 임신한 여성을 상징한다.

4번 카드인 황제The Emperor는 여제와는 달리, 험한 산을 배경으로 앉아 있다. 그의 옥좌는 딱딱하고, 그는 쉴 때조차도 갑옷을 입고 있어 불편해 보인다. 그는 황제이고, 옥좌를 노리고 그를 죽이려 하는 이들은 언제든지 나타날 수 있다. 심지어는 혈육도, 사랑하는 자식도, 언젠가 이 자리가 약속된 후계자도. 그러다 보니 황제는 약점을 보일 수 없다. 자신의 두려움과 고독을 어디다 털어놓을 수도 없고, 누군가에 대한 애정을 드러내는 순간 애정의 대상이 약점이 되어 버리다 보니, 솔직해질 수 없다. 그의 손에는 권력을 상징하는 보주가 들려 있지만, 보주에 원래 달려 있어야 하는 십자가는 제대로 보이지 않는다. 이는 그가 영적인 면에서는 어려움을 겪고 있음을 보여 준다. 하지만 황제 카드는 결코 누군가를 위로하지는 않겠지만, 구체적인 요구 앞에서는 실제적인 도움을 줄 수 있는 사람이다. 마치 전화 한 통으로 문제를 해결하는 권력자처럼.

사실 황제 카드는 나중에 나올 전차 카드의 미래상이다. 그는 가만히 앉아서 왕위를 물려받은 인물이 아니다. 그는 과거에 전사였고, 승리하여 나라를 얻었거나, 나라의 위기를 자신의 손으로 지켜냈던 인물이다. 그를 설득하는 것은 쉽지 않지만, 그가 한 편이 된다면 그는 결정적인 순간에 반드시 도와줄 것이다. 마치 『반지의 제왕』에 나오는 로한의 군주 세오덴처럼.

5번 카드는 교황The Hierophant이다. 그는 종교 지도자이자 영적 지도자인 노인으로, 이 카드에는 종종 열쇠가 함께 그려진다. 이 열쇠는 천국의 열쇠를 뜻하기도 하지만, 고민이 있을 때 해답을 주는 사람임을 보여 주기도 한다. 물론 종교 지도자의 말답게, 그의 조언은 빠르게 결과가 나오는 현실적인 조언이라기보다는, 우리를 괴롭히는 대부분의 문제는 마음먹기에 달렸다는 원론적인 이야기에 가까울지도 모른다. 하지만 이 교황 카드가 언제나 답답하고 당연한 이야기만을 뜻하는 것은 아니다. 과거 교황들은 중재자였고 정치가였다. 이들은 종종 노회한 교섭자이고, 분쟁에서 합의를 이끌어내는 인물일 수도 있다. 마치 조용하지만 확실하게 중재를 이끌어내는 막후 조종자처럼. 교황 카드에 해당되는 인물은 종종 전통을 따르는 것으로 나오는데, 일본 만화에서 흔히 막후 조정자들이 등장할 때, 일본식 정원에서 졸졸 물이 흐르고 양복을 입은 정치인들이 기모노를 입은 이 막후 조정자에게 굽실거리는 장면을 보이는 것과 연관해서 생각하면 흥미롭다.

이렇게 이성과 지식을 뜻하는 마법사와 무의식과 지혜를 뜻하는 여사제, 풍요와 애정과 자연을 상징하는 여제, 엄격하고 권위와 법률과 질서를 상징하는 황제, 신념과 전통, 혹은 신비를 상징하는 교황. 이들은 이야기의 초반에서 광대가 새로 진입한 세계의 문화와 세계관을 설명하는 인물들이다. 소설이나 영화로 치면 이 세계가 어떻게 돌아가고 어떤 환경이며 어떤 법을 따르는지, 아직 주인공이 손에 넣지 못한 이 세계의 지혜로는 어떤 일을 할 수 있는지 알려주는 배경 세팅이다. 한편 이들은 종종 그 자체가 인물로 묘사된다. 게임이라면 튜토리얼에서 만나는 NPC들일 수도 있고, 판타지 소설이라면 주인공이 모험을 떠날 때 그를 돕는 최초의 파티를 이룰 수도 있다. 이를테면 잘난 척하지만 실력은 뛰어난 법사, 그의 앞날을 예언하는 성녀 또는 사제, 파티 모두를 챙기는 연장자, 한참 자신의 자리를 지키고 있었지만 과거 모험에서 승리했던 위대한 전사, 그리고 지혜로운 현자나 대마법사, 혹은 출발 전 주인공에게 조언을 해 주는 스승님일 수도 있다.

일상 세계를 설명하고 파티를 꾸리는 데 다섯 장의 카드를 소모하고 나서, 주인공이 능동적으로 만나게 되는 최초의 타인이 나타난다. 바로 6번 카드인 연인The Lovers이다.

연인 카드는 종종 에덴 동산의 아담과 이브를 모티브로 하고 있다. 하늘에는 천사가 있고, 땅에는 한 쌍의 남녀가 하늘을 우러러보고 있다. 여자의 등 뒤에는 선악과가 매달린 지혜의 나무가 있는데, 그 나무에는 뱀이 휘감겨 있다. 남자의 등 뒤에는 가지마다 불꽃이 피어오르는 생명의 나무가 서 있다. 이 카드는 지혜의 나무와 생명의 나무처럼 서로 다른 두 속성을 가진 존재가 서로 만나 사랑에 빠지는 것을 보여 준다. 뱀은 자신의 허물을 벗고 계속하여 살아가는, 지혜와 풍요와 윤회를 상징하는 존재다. 제 꼬리를 물고 있는 우로보로스 뱀의 형상이 무한을 의미하는 것도 그 때문이다. 이 카드는 사랑에 대한 카드이자, 인간이 지혜를 손에 넣었음을 말하는 카드다. 지혜를 손에 넣고, 플라토닉한 우애가 아닌 성애에 눈을 뜨고, 신이 없이도 재생산이 가능하게 된 인간은 신의 낙원에서 떠나게 된다. 하지만 이 카드가 보여 주는 것은, 선악과를 손에 넣고 죄를 알게 된 인간이 낙원에서 '추방'당하는 것이 아니다. 하늘의 천사는 두 손을 들어 인간의 출발을 축복하고 있다. 그런 점에서 이 카드는 광대 카드가 동등한 타인을 만났을 때의 카드이기도 하다. 즉 서로 다른 두 타인이 만나 사랑에 빠지는 카드인 동시에, 지혜를 얻은 인간의 성장과 새출발을 보여주는 카드인 것이다. 조선 정조 때의 문장가 유한준이 쓴 글을 『나의 문화유산 답사기』를 쓴 유홍준이 다시 인용하며 널리 알려진 "사랑하면 알게 되고 알게 되면 보이나니, 그때 보이는 것은 전과 같지 않으리라"는 말과도 같다.

때때로 연인 카드에는 세 사람이 그려지기도 한다.

마르세유 카드 계열에서 볼 수 있는 모습은 젊은 남성이 두 사람 사이에 서 있고, 하늘의 큐피드가 그중 한 여성을 겨냥하고 있는 것이다. 이때 한 사람은 남성의 어깨에, 다른 사람은 남성의 가슴에 손을 대고 있다. 이때 이 카드는 책임감과 자신의 열정 중에서 하나를 선택해야 하는 순간을 이야기하기도 한다.

연인 카드를 통해 만나게 되는 이는 사랑하는 사람일 수도, 아주 가까운 친구일 수도, 혹은 연적일 수도 있다. 무엇이든 그는 소명을 부여하는 인물이자, 새로운 모험을 떠나야 할 이유를 만들어 준다. 혹은 신화, 고전, 현대의 게임이 이르기까지 무척 흔하게 등장하는 곤경에 처한 숙녀Damsel in Distress일 수도 있다. 무척 거칠게 요약하면 시작 부분에서 공주님이 누군가에게 잡혀 갔고, 그 공주님을 구하기 위한 모험을 떠나는 경우다. 이중 무엇이 되었든, 이 관계로 인해 광대의 운명은 변화하고, 모험을 떠나야 하는 소명이 만들어진다. 하지만 광대는 갈등한다. 검고 흰 두 마리의 스핑크스가 질주하는 전차(7번 카드) 카드는 이 소명을 따라야 할 것인가, 말 것인가에 대한 광대의 갈등과 함께, 광대가 이미 이 전차에 오를 수 있는 힘과 용기를 갖고 있음을 보여 준다.

7번 카드인 전차The Chariot의 주인공은 장군이다. 그는 마치 로마 시대에 탔을 것 같은 전차를 타고 있다. 그는 제 등 뒤의 성을 지키는 자가 아닌, 승기를 잡고 적극적으로 공세에 나서는 장수다. 그는 황제 카드의 젊은 시절이자, 용감하게 나아가는 진보적이고 진취적인 인물이다. 하지만 무턱대고 달려나가는 것만이 승리의 비결은 아니다. 이 카드의 전차에는 말, 혹은 지혜를 상징하는 스핑크스가 묶여 있는데, 이들은 검은색과 흰색으로 대조적인 색을 띠고 있다. 이들은 장군이 이끄는 서로 대립된 생각을 가진 이들을 의미한다. 이들을 통제하는 것은 쉽지 않지만, 장군은 노련하고 교활하게, 서로 다른 방향, 서로 다른 가치를 추구하는 이들에게 힘을 잘 분배해야 한다. 그러지 못하면 전차는 앞으로 나아가지 못하고 잘못된 길로 끌려가거나, 제자리에서 빙빙 돌게 될 것이다.

스스로 온전히 통제하기 어려운 질주하는 전차에서 광대를 내려 준 것은 바로 8번 카드인 힘Strength 카드다.

여기서 힘은 정신적인 힘이자 용기를 의미한다. 그는 갑옷으로 무장하지도, 무기를 들고 있지도 않다. 그는 하늘하늘한 옷을 입은 채 사자를 쓰다듬고 있는데, 그의 머리 위에는 무한(∞) 기호가 보인다. 타로 카드에서 무한 기호를 머리 위에 달고 있는 인물이 나온 카드는 마법사The Magician와 힘Strength이다. 마법사가 상징하는 것이 지혜라면, 힘 카드가 상징하는 것은 정신적인 힘, 조금 더 구체적으로는 강하고 잔인한 것들마저 굴복시킬 수 있는 포용적인 사랑이다. 이 카드는 힘을 말하고 있지만, 그 힘은 권력Power이나 무력Force이 아닌 이해와 사랑의 힘이다. 사자는 황제나 전차와 같은 권력과 무력을, 잔인한 힘을 상징하지만, 힘 카드의 인물은 그를 두려워하는 것이 아닌, 있는 그대로 보아 주고 이해해 주는 사람이다. 이 카드는 때로는 사랑과 정신적인 힘이 현실의 힘을 압도할 수 있음을 보여 준다. 마치 총을 든 군인이나 경찰에게 평화를 말하며 꽃을 건네는 이들처럼. 마치 『반지의 제왕』의 갈라드리엘처럼, 이 힘 카드는 종종 여행자의 정신적 스승이 된다. 여행을 떠난 광대는 이 정신적 스승과의 만남을 통해 좌절하지 않고 앞으로 나아가는 용기와 결단력을 배운다. 그는 인내하고 절제하며 대의를 따를 힘을 갖추게 된다.

그런 광대가 맞닥뜨리는 첫 번째 관문은, 자신이 우물 안 개구리에 불과했으며 결국 더 많은 것을 배우고 깊은 진실을 찾아야 한다는 것을 깨닫는 계기가 된다. 9번의 은둔자The Hermit 카드가 이에 해당된다.

은둔자 카드는 구도자를 상징한다. 그는 어둠 속에서 등불을 들고 있는데, 등불 안에는 이미 그가 구하던 진리, 즉 별이 모습을 드러내고 있다. 손만 내밀면 그는 바라던 진리를 손에 넣을 수도 있겠지만, 그의 시선은 등불이 아닌, 등불이 비추는 곳을 향하고 있다. 달을 바라보라는데 달을 가리키는 손가락만 바라보는 상태와 같다. 그는 아직 시야가 좁은 것일 수도 있고, 자기가 보고 싶은 것만 보는 것일지도 모른다. 하지만 본질적으로 이 카드는 동굴의 우화를 말하는 카드다. 어릴 때부터 어둠 속에 꽁꽁 묶여 벽을 마주 보고 있는 사람들이, 빛이 들어오는 통로의 그림자를 보면서 그를 실체라고 믿고, 더 어두운 곳에 있는 이들에게 가짜 실체를 이야기하고, 그 이야기가 확실한 진리처럼 퍼져나가는 것에 대한 이 이야기는, 고대 그리스의 철학자 플라톤이 이데아를 설명하기 위해 말했던 비유다. 만약 이 은둔자가 진리의 그림자가 아니라, 시야를 넓히고 용감하게 고개를 들어 빛의 근원을 찾는다면 그는 진리를 손에 넣을 수도 있겠지만, 아직은 아니다. 이것은 단순히 앎의 문제와는 조금 다른 곳에 있다. 자신의 안에 불성이 있다는 것을 알지만, 부처가 되기는 쉽지 않은 것처럼. 그럼에도 이 은둔자는 다른 이들보다 깨달은 자, 진리에 가까이 있는 자로 종종 현자이자 상담자를 의미하기도 한다. 광대는 현자와의 만남을 통해, 혹은 스스로 그 수도를 체험하며 자신이 운명과 우주의 일부이며 앞으로 나아가야 한다는 것을 깨닫게 된다.

10번 카드는 운명의 수레바퀴Wheel of fortune다. 과거 PC 통신상의 타로 카드 소모임의 이름이기도 했고, 일본에 한류 열풍을 일으켰던 드라마 〈겨울동화〉에서 타로 카드를 사용해 주인공들의 운명에 복선을 깔 때 사용되었던 카드이기도 하다. 하지만 운명의 수레바퀴라는, 마치 인간의 운명을 좌지우지하고 그리스 신화나 북구 신화에 등장하는 운명의 세 여신이 실을 감을 것 같은 무시무시한 이름과 상관없이, 이 카드는 운명은 수레바퀴가 굴러가듯 나아가는 것, 그리고 스스로 그 방향을 정하는 것이라는 아주 상식적인 이야기를 담고 있다. 카드는 천궁도를 상징하는 기호들이 적힌 수레바퀴를 중심으로 여러 상징들을 담고 있다. 스핑크스는 공기를 상징하는 날개 대신, 역시 공기를 상징하는 검을 들고 있다. 검은 지혜와 결단력을 의미한다. 네 모퉁이에는 천사와 독수리, 황소, 사자가 각각 책을 펴놓고 있다. 이는 4대 원소이자, 〈에제키엘서〉나 〈요한묵시록〉에 언급되는 기이한 형태를 한 지천사智天使에 대한 묘사다. 〈에제키엘서〉 지천사는 사람과 사자와 소와 독수리의 얼굴을 하고, 사람의 형상에 네 개의 날개가 달린 이들로 묘사된다. 삼라만상을 움직이는 네 원소의 지혜가 둘러싼 가운데, 수레바퀴의 아래쪽에는 뱀과 아누비스가 그려져 있다. 뱀은 지혜의 상징이자, 인간에게 죄를 범해 낙원에서 쫓겨나게 한 존재이지만, 결과적으로 뱀이 인간에게 지혜와 욕망을 알려 주었기에 현재의 인간들은 태어날 수 있었다. 한편 아누비스는 죽은 자를 사후세계로 인도하는 신이다. 삶과 죽음이 함께 돌리는 이 바퀴는, 순리를 상징한다. 이 카드가 말하는 것은 운명의 방향을 바꿀 어마어마한 기회가 아니라, 현재는 자신이 그동안 해 온 모든 선택의 결과이며, 미래 역시 현재의 선택으로 인해 만들어진다는 단순하고 분명한 진리다.

11번의 정의Justice 카드는 칼과 저울을 들고 있다. 우리가 아는 정의의 여신상과 비슷하며, 실제로 이 카드의 모델은 고대 로마의 정의의 여신 유스티티아라는 이야기도 있다. 유스티티아는 칼과 저울을 든 정의의 여신상의 주인공으로, 칼은 단호하고 엄정한 판결을, 저울을 형평성을 뜻한다. 유스티티아나 고대 그리스의 여신 디케와 같은 정의의 여신들은 신이기 때문에 눈을 가리지 않지만, 인간이 심판하는 법정에서는 인간의 선입견이 판결에 영향을 주지 않아야 한다는 뜻에서 눈을 가린 정의의 여신상을 세우는 경우가 많다.[*]

정의 카드의 주인공이 오른손에 들고 있는 칼은 양날이 세워진 도刀다. 타인과 자신을 향해 동시에 날을 세운 이 칼은, 타인에게 엄격하듯이 자신에게 엄격해

---

[*] 단, 우리나라의 대법원 앞에 있는 정의의 여신상은 그런 점에서 조금 특이하다. 엄정하고 단호한 판결을 상징하는 검 대신 법전을 들고 있고, 눈을 가리지도 않았다. 때문에 "사람 봐 가면서 판결을 내리느라 엄정한 판결은 내리지도 못한다"는 풍자의 대상이 되기도 했다.

야 함을 말한다. 왼손에 들린 저울은 양심에 공평함을 말한다. 그는 오른발은 앞으로 내밀고 왼발은 뒤에 두고 있는데, 오른발을 내민 것은 문자 그대로 right now, 바로 지금 옳은 일을 하라는 경고이기도 하다.* 이 정의 카드가 말하는 것은 단순한 법이 아닌, 법보다 넓은 범위의 '옳은 일'에 가깝다. 정의롭게 돌아가는 세계에서, 법은 옳은 일들의 최소한이자 하한선일 뿐이다. 이 카드는 용기를 갖고 평등하게 사람들을 대하며 공평하게 선을 행하라고 말하고 있다.

정의 카드는 광대를 시험하고, 과거의 잘못을 돌이키고, 자신이 한 일에 책임감을 가질 것을 요구한다. 그는 엄격한 재판관이지만, 광대의 적은 아니다. 오히려 광대에게 통찰력과 책임감을 갖고 앞으로 나아가게 이끌어 주는 또 다른 협력자이자 스승이기도 하다. 하지만 이 과정은 결코 순탄하지 않다.

결국 광대는 좌절한다. 12번의 매달린 사람The Hanged Man 카드와 같다. 이 카드는 정의 카드와 죽음 카드의 사

---

* 여기서 왼쪽은 단순히 나쁘거나 옳지 못하다는 의미가 아니라, 문자 그대로 left, 남겨 둔다는 의미가 된다.

이에 있어서인지, PC 통신 시절에는 "교수형을 당한 사람"으로 잘못 알려지기도 했다. 하지만 그는 목이 아닌 발이 매달려 있을 뿐이고, 그가 묶여 있는 곳은 처형대가 아닌 살아 있는 나무다. 그의 얼굴은 죄에 대한 벌을 받는 사람치고는 무척 평온해 보인다. 엄밀히 말해 그는 잠시 자신의 모든 활동을 멈추고, 거꾸로 세상을 바라보는 중이다. 여기 침묵이라는 의미를 더하기도 한다. 매달린 사람은 누군가에게 강제로 묶인 것이 아닌, 잠시 스스로 매달린 채 멈추어 있다. 집중해야 할 대상에 매달려 있는 것이기도 하고, 심사숙고하는 것이기도 하다. 부처가 도를 깨우치기 전에 고행을 했고, 예수가 광야에서 40일 동안 금식했듯이, 이 사람은 깨달음을 얻기 위해 스스로를 묶었다. 광대는 좌절했지만, 이 좌절로 인해 겸손을 배우고, 새로운 관점에서 세계를 바라보게 된다. 종종 이야기를 만들 때, 은둔자 카드와 매달린 사람 카드는 하나로 이어서 생각하게 된다. 요다를 만나 수련하는 루크 스카이워커, 루크를 만나 수련하는 레이의 훈련이 여기 해당한다. 그들은 수련을 통해 깨달음을 얻고 새로운 경지에 이르고, 그들의 스승들 역시 이들 제자의 노력을 통해 심경의 변화가 생긴다. 그렇게 수련을 마친 광대가 줄을 풀고 내려올 때, 그는 아마도 원하는 답을 손에 넣었을 것이다.

13번 카드는 갑작스럽다. 뜬금없이 죽음Death을 이야기한다. 죽음은 갑작스러운 종결이자, 많은 경우 타의에 의한 종결이다. 갑작스러운 변화나 단절을 의미하기도 한다. 비유하자면 때가 되어 순리대로 졸업하는 것이 아닌, 갑자기 부모님의 사정이나 다른 문제로 전학을 가거나 학교를 그만두는 경우처럼, 준비되지 않은 단절을 맞이하는 경우다. 하지만 이 갑작스러운 단절은 반드시 절망적인 경우만을 이야기하는 것은 아니다. 일단 카드에서도, 해골 얼굴을 한 죽음의 신을 앞에 두고 교황은 자비를 구하고, 어린이와 젊은 여성은 두려워하고 있지만, 정작 죽음의 말발굽 아래 짓밟힌 것은 황제, 한 사람이다. 황제는 바닥에 쓰러져 있고, 그의 왕관은 바닥을 뒹굴고 있다. 멀리 두 개의 기둥과 그 사이로 떠오르는 태양은, 뒤에 나올 태양 카드, 달 카드와 이어진다. 당장은 어둡고 혼란스럽지만, 희망이 사라진 것이 아니라는 뜻이다.

갑작스러운 종결은 고통스럽다. 하지만 때로는 끝내

야 할 것을 끝내는 일이 필요할 수도 있다. 계속 학교 폭력에 시달리는 것보다는, 멀리 전학을 가는 일이 더 나을 수도 있다. 연인의 배신이나 그의 잘못을 알게 되어 갑작스럽게 이별하는 일은 슬프지만, 헤어져야 마땅한 사람과 헤어지지 못하는 것은 더 끔찍한 결과를 낳을 수도 있다. 무엇보다도 인간의 역사는, 이와 같은 크고 작은 단절과 재생을 통해 이어져왔다. 쓰러진 황제는 그 점을 이야기하고 있다. 왕조가 무너지고 새로운 왕조가 들어서거나, 왕정이 무너지고 시민들의 정부가 생겨나거나, 잘못된 정치를 하는 대통령을 탄핵하는 일과 같은 것을. 세상의 권력은 영원하지 않으며, 그것이 잘못된 방향으로 흘러갔을 때는 단절이 필요하다는 것을.

이 카드는 오쇼 젠 카드나 비전 퀘스트와 같은 정신적인 면을 강조하는 타로에서는 변형Transformation 으로 표현되기도 한다. 앞서 매달려 있다가 줄을 풀고 내려온 광대는, 이제 자신의 무의식 깊은 곳으로 내려간다. 과거의 실수나 잘못된 사고방식, 익숙했지만 새로운 삶에는 필요하지 않은 것들과 결별하는 것이다. 이 과정은 마치 익숙한 자아의 죽음(13번 카드)처럼 보이기도 하지만, 사실은 새로운 단계로 나아가기 위한 변화의 과정이다. 마치 애벌레가 고치 속에서 이전의 몸을 재구성하여 나비로 다시 태어나듯이. 이 변화는 고통스럽지만, 이 과정을 겪고 난 광대는 마치 14번 카드인 절제Temperence 카드와 같이 균형을 갖추고 조화롭게 자신을 절제하는 품위 있고 성숙한 모습으로 거듭난다.

절제 카드는 천사가 한 발은 물에 담그고, 다른 발은 물에 담그지 않은 채로 두 컵의 물을 섞는 모습이다. 서로 다른 것들이 섞이지만 서로 참고 절제하며 반발하지 않는 상태, 중용을 이루는 상태다. 천사가 발을 담근 물은 명경지수와 같은 잔잔한 물가인데, 이 푸른 풀밭과 잔잔한 물가는 잔잔한 감정과 마음의 평화를 의미하는 한편, 성경의 시편에서 말하는 "여호와는 나의 목자시니 내가 부족함이 없으리라. 그가 나를 푸른 풀밭에 쉬게 하시고 잔잔한 물가로 인도하시며"를 떠올리게 한다. 천사가 물에 담그지 않은 쪽 발치에는 붓꽃이 피어 있는데, 붓꽃은 아이리스, 즉 무지개의 여신 이리스를 의미한다. 갑자기 무지개가 나온 이유 역시, 성경에서 힌트를 얻을 수 있을 것이다. 13번의 죽음 카드가 말하는 갑작스러운 중단이 노아의 홍수라면, 이 절제 카드에 그려진 무지개의 상징은 홍수 이후 신이 인간에게 보여 준 약속을 의미한다. 즉 이 카드는 갑작스러운 중단 이후 서로 인내하며 새로운 길을 찾는 것을 말해 준다. 천사의 등 뒤에는 멀리, 맨 처음 광대가 떠나올 때 등 뒤에 있었던 높은 산이 보인다. 그 산 위에는 태양 대신 왕관이 빛나고 있다. 이것은 세피로트의 나무 맨 위, 케테르(왕관)를 의미한다. 세피로트의 나무의 맨 아래인 말쿠트에서 꼭대기의 케테르로 가는 길, 즉 인간이 신의 지혜를 얻기 위해 가는 길은, 입문의 길, 혹은 뱀의 길이라고 불린다. 이 여정을 거치며 인간은 넓은 세상에서 막 여행을 시작하며 자신의 마음에 천진난만하게 이끌리는 상태에서, 지혜와 경험을 얻어 세상의 제대로 된 모습을 볼 수 있는 상태로 성장한다. 절제 카드는, 이제 중용의 지혜를 얻고 슬슬 이 여정의 끝이 보이게 되었음을 알리고 있다. 광대는 마침내 자신의 진정한 시련과 싸울 힘을 손에 넣게 될 것이다

마침내 모험의 절정에서, 광대는 시련과 맞닥뜨린다. 이곳에서 그를 기다리는 것은 15번째 악마The Devil 카드

다. 이 카드는 처음에 광대가 모험을 시작하게 했던 계기인 연인 카드의 사악한 쌍둥이evil twins처럼 보인다. 사실 연인 카드와 악마 카드는 기본적으로 구도가 같기 때문에 연인 카드는 사랑, 악마 카드는 유혹으로 해석하는 경우도 많다. 사랑만큼이나 유혹 역시 사람을 움직이게 하는 동력이 된다. 악마는 광대를 유혹한다. 악마는 권력이나 물질, 정욕 등을 미끼로 던져놓고 광대를 회유한다. 무지와 속박과 절망에서 벗어나지 못한 과거의 광대라면 이 유혹에 넘어갔을 것이다.

하지만 앞서 연인 카드에서 서로 다른 두 타인이 사랑에 빠지는 것도 중요하지만, 그보다는 인간이 지혜를 손에 넣고 성장하여 새출발하는 것을 말하는 카드라고 설명했다. 악마 카드는 기본적으로 "알고자 하지 않는 것"에 대한 카드다. 욕망은 갖고 있지만 욕망으로만 그칠 뿐, 더 알고자 하지 않는 것. 상대방을 이해하려 하지 않는 것. 더 배우고 앞으로 나아가지 않는 것. 무지가 곧 악은 아니지만, 알고자 하지 않는 것은 종종 악으로 가는 지름길이 된다. 알고자 하지 않고, 미련을 버리지 못하고, 모두가 행복해질 수 있는 더 나은 길이 있는데도 개인의 욕망과 아집에 매달려 과거에 해오던 인습을 반복하는 것은 다른 사람들에게 고통을 안기게 된다. 그래서일까, 코놀리 타로 카드에서는 이 카드가 네 원소에 팔다리가 묶인 사람으로, 물질만능주의 Materialism 카드로 표현되어 있다.

광대는 여기 이대로 머무르라는 유혹을 이겨낸다. 그리고 최후의 결전이 시작된다.

16번째 카드인 탑 The Tower 은, 인간의 오만함에 신이 벌을 내렸다는 바벨 탑의 이야기를 연상하게 한다. 하늘에서 천벌처럼 벼락이 치고, 높은 탑은 꺾이어 땅으로 떨어지며, 두 사람이 무너지는 탑에서 추락한다. 탑 위에 장식된 왕관은 인간이 이룩한 업적을 의미한다. 인간은 자신이 이룩한 것들을 자랑스러워하고, 때로는 그로 인해 오만해지고, 종종 자신이 쌓아올린 모든 것들을 자신과 동일시하며 집착한다. 노력하여 이룩한 것들 자체는 결코 나쁘지 않다. 하지만 과거의 업적에만 집착할 때, 사람은 더 나아갈 수 없게 된다. 인간의 힘으로는 어쩔 수 없는 갑작스러운 사고, 외부의 힘으로 인한 몰락은 인간의 삶이 덧없음을 보여 준다. 그래서 이 카드는 타로 카드 78장 중에서 가장 부정적인 카드로 읽힌다. 만약 자신이 쌓아올린 것에 집착하지 않고 마음을 비운다면 이 또한 다 지나가는 일로 넘길 수도 있겠지만, 삶의 토대가 순식간에 붕괴하는 고통은 그렇게 몇 마디의 위로로 이겨낼 수 있는 것이 아닐 것이다.

광대의 여정에서 이 탑 카드는, 앞서 이야기한 악마 카드가 상징하는 인습과 아집을 타파하는 것으로 설명할 수 있다. 광대는 가장 절망적인 상황에서도 최후를 각오하며 맞서 싸우고, 이는 갑작스럽고 격렬한 변화, 혹은 혁명으로 이어진다. 오만하던 적은 마침내 천벌을 받거나 벼락을 맞고 무너지는 듯한 반격을 당하고, 광대는 상처투성이일지라도 희망을 보게 된다. 구름 한 점 없는 하늘에서 빛나는 별과 같은 평화와 희망이야말로, 모든 것을 걸고 이 싸움에 임했던 광대에게 가장 간절했던 보상이다.

17번째 카드인 별The Star은 아직 절망적이라 해도 여전히 하늘에 떠 있는 희망을 이야기한다. 당장 발밑이 무너져도, 육분의의 기준이 되는 북쪽 하늘의 밝은 별과 일곱 개의 별이 이루는 별자리는 지금 우리가 처한 위치와 가야 할 방향을 알려 준다. 자신이 어디 있는지를 아는 것, 그리고 가야 할 방향을 알고 있는 것은 다시 일어서기 위한 출발점이자 희망의 시작이다. 하지만 별 카드는, 자신의 처지를 냉정하게 인식하고 현실에 기반하라는 교훈만을 주는 것은 아니다. 절제 카드와 마찬가지로 여성은 한 발은 땅에, 한 발은 물 위에 두고 있지만, 균형을 잃지 않고 있다. 그는 양손에 하나씩 단지를 들고 땅과 물을 향해 물을 붓고 있는데, 이는 정신적이고 감정적인 면과 함께 무한한 생명력을 의미한다. 한편 여성의 뒤쪽에는 나무 위에 앉은 불사조가 보인다. 죽어도 불꽃 속에서 다시 살아나며 재생을 반복하는 불사조는, 끝없는 희망을 말한다. 자신의 위치를 확인하고 희망을 가질 것. 별 카드가 담고 있는 메시지는 대책 없는 낙관이 아닌, 현실인식에 기반한 낙관주의다. 인간의 지혜는 "너 자신을 알라"는 말에서 시작되었던 것처럼.

이제 돌아갈 시간이다. 하지만 돌아가는 길이 순탄하지만은 않을 것이다. 아직 어둠은 끝나지 않았으므로. 어둠 속에서 18번째 카드인 달The Moon이 모습을 드러낸다. 달은 상상력과 함께 불안을 불러일으키고, 광대는 가벼운 혼란을 느낄 수도 있다. 달 카드의 배경은 길과 물가, 그리고 두 개의 기둥이다. 이 풍경은 앞서 보았던 죽음 카드의 일부다. 두 개의 대립된 기둥 위로 달이 떠올라 있지만, 달은 별처럼 방향을 제시하지도, 언제나 변함없는 모습으로 지표가 되지도 않는다. 달은 변덕스럽고, 태양처럼 밝아 모든 것을 백일하에 드러나게 만들 수도 없다. 그저 어둠을 희미하게 밝힐 뿐이다. 게다가 달은 예로부터 인간의 이성을 흔들어 놓는 존재로 여겨졌다. 서구에서는 보름달이 사람의 광기를 불러일으킨다고 생각하거나, 인간이 늑대로 변신하고, 마녀들이 달의 위상 변화에 맞추어 마법을 사용한다고 생각했다. 특히 이 카드의 달은 눈을 감고 있다. 그 아래에서는 두 마리의 개가 달을 향해 짖고 있다. 이들 개들은 우리가 생각하는 충직한 개보다는, 야성을 잃은 늑대에 가깝다. 그 앞쪽으로는 단단한 외골격에 싸여 있는, 불안한 상황 속에서 보수반동적으로 몸을 웅크리는 듯한 가재가 있다. 이들은 두려워하며 불안해하고 있지만, 그 불안이 어디에서 오는지 알려고 하진 않는다. 그렇기 때문에 이 상황은 정체되어 있고, 극복할 방법도 뚜렷하지 않다.

하지만 적어도 달이 떠 있다는 것은, 이 상황이 그렇게 어둡고 캄캄하지만은 않다는 의미이다. 달빛 아래 길은 하나로 쭉 뻗어 있고, 그저 몸을 웅크리는 것이 아니라 달빛에 의지해서라도 나아가다 보면 언젠가는 해가 떠오를 것이다.

19번째 태양The Sun 카드는 밝고 환하다. 햇살이 찬란하고 해바라기가 가득한 가운데 한 어린 아이가 붉은 깃발을 손에 들고 흰 말을 타고 있다. 아이의 그 머리에는 붉은 깃털이 꽂혀 있는데, 별 카드에서 보았던 그 불사조의 깃털처럼 보이는 한편, 광대 카드의 어린 광대가 다시 어린 아이로 돌아온 모습처럼 보이기도 한다. 즉 이 어린 아이는 순수하고 천진난만한 어린이인 동시에, 무한한 잠재력과 에너지를 품은, 다시 태어난 듯 새롭게 시작할 수 있는 존재다. 여기에 추진력을 더해주는 백마와, 태양의 에너지가 담긴 듯한 붉은 깃발이 더해져 있다. 새로운 세계가 시작되고, 여기에서 다시 목표를 향한 여정에 나서는 아이가 된 것처럼 밝고 긍정적인 힘을 보여 주는 카드이지만, 그렇게 밝고 행복한 감정만으로 태양 카드를 설명하는 것은 부족하다. 태양은 "모든 것이 백일하에 드러나는", 즉 진실이 밝혀지는 순간을 말하기도 한다. 환한 햇살 아래 그늘에 감추어졌던 모든 것이 드러나며, 사람은 알게 된다. 그리고 새로운 시작은 이 앎에서 시작된다. 고통스러운 현실 직시 이후에 다시 새롭게 시작하는 것, 그것이 태양 카드의 메시지다.

달 카드와 태양 카드는 종종 서로 반대되는 뜻으로 여겨지지만, 태양 카드의 역방향이 달이거나, 달 카드의 역방향이 태양인 것은 아니다. 달 카드의 의미가 알려고 하지 않는 것이라면, 그 역방향은 알고자 해서 뭔가 다른 방법을 모색할 가능성이 생기는 것이다. 태양 카드의 의미가 모든 것이 백일하에 드러나 알게 된다는 것이라면, 그 역방향은 안다고 생각했지만 사실은 잘못 알았거나 모른다는 것이다. 안다고 착각했기 때문에, 자신이 무엇을 알고 있는지 모르고, 결국은 제대로 배울 수 없음을 경계하는 의미다.

어두운 하늘에 별이 떠오르고, 다시 달빛이 길을 비추고, 태양이 떠올라 모든 것이 환히 드러나는 가운데, 광대는 깃발을 들고 말을 타고 햇살을 받으며 나아가듯이 세상의 중심이 되어 사람들의 사랑과 주목을 받고 위대하게 개선할 것이다. 그렇게 영웅은 이 귀환의 끝에서 모험을 마무리하며 되살아난다. 20번째 심판 Judgement 카드에 약속의 날 천사의 나팔과 함께 되살아나는 사람들의 모습이 그려져 있듯이. 그렇게 광대는 영웅이 되어 영약을 가지고 귀환한다.

심판 카드를 잠시 살펴보자. 하늘에서는 붉은 날개의 천사가 나팔을 불고 있고, 이미 죽은 자들이 무덤에서 일어나 관을 열고 하늘을 우러르고 있다. 〈요한계시록〉에 언급된 최후의 심판이다. 이 카드는 앞서 태양 카드에서 모든 것이 백일하에 드러난 뒤, 그에 대한 심판이 이루어지는 것을 말한다. 이와 같은 심판의 결과가 긍정적이거나 부정적일 것이라고 말하지 않는다. 다만 지금까지 해 온 일들의 결과를 마주하게 될 것이라고 담담하고 무정하게 말하고 있다. 쉽게 비유하면 수능을 보고 답안지를 제출한 다음과 같은 상태다. 결과는 이미 정해져 있고, 우리는 그 통보를 들을 뿐이다. 이는 스스로의 힘으로는 되돌릴 수 없으며, 심판 이후의 세계는 그 이전의 세계가 아닌, 새로운 경지의 세계다. 결과가 좋든 나쁘든, 그것은 스스로 초래한 결과일 뿐이다.

이 카드에서 죽은 사람들 중 앞쪽에는 남자와 여자, 그리고 어린 아이가 보인다. 이들 중 남자와 여자는 앞서 보았던 연인 카드의 주인공들이자, 두 개의 기둥이고, 검은 스핑크스와 흰 스핑크스이며, 대립되었던 존재들이다. 이들 사이의 어린 아이는 서로 대립된 존재들이 합일되어 태어난 아이, 사랑의 결과물이고, 다음 세대이며, 마법적으로는 현자의 돌로 볼 수도 있다. 지혜를 얻고 낙원을 떠났던 아담과 이브는, 이들의 결과물인 이 어린 아이를 통해 심판을 받으리라는 이야기다. 죄를 지은 자는 벌을 받고, 타인과 동료를 위해 용감하게 싸운 자는 영광을 얻는, 단순하지만 명확한 진리의 세계. 그것은 정의가 구현된 세계이기도 하다.

21번째이자 마지막 카드는 세계The World다. 이 카드는 운명의 수레바퀴와 마찬가지로 네 모퉁이에 천사와 독수리, 황소, 사자가 보인다. 무한의 형태를 한 붉은 천으로 위아래가 장식된 월계수 리스 안에, 보랏빛 천을 두른 사람이 지팡이를 들고 춤을 추고 있다. 보랏빛은 황제를 나타내는 색이자, 빨강과 파랑이라는 대립된 색이 섞인 중간색이며, 인간의 손으로 이루어낸 위

x
x

x

x

x

x

x

x

x

x

x

x

x

x

x

x

x

x

x

x

x

x

x

x

x

대한 성취, 즉 현자의 돌을 의미한다. 이 사람의 다리는 매달린 사람 카드와 같은 형태이지만, 묶여 있지 않고 자유롭다. 속박을 벗어나 깨달음을 얻고, 더는 여한이 없을 만큼 완성되었다. 광대는 마침내 이 단계에서 이루어야 할 것을 모두 이루고, 다음 단계로 나아갈 준비를 마친 것이다.

하지만 이 완성은 여기서 끝이 아니다. 졸업한 사람은 다시 진학을 하거나 더 넓은 세계로 나가야 한다. 만삭을 채운 태아는 이제 분만을 통해 세상으로 나가야 한다. 할 수 있는 만큼을 꽉 채워 이룩한 결말의 뒤에는, 다시 이 세계 바깥에서의 새로운 여정이 기다리고 있다. 그래서 세계 카드는 광대 카드와 다시 이어진다.

이와 같은 광대의 여행을 표로 정리하면 다음과 같다.

1막	① 일상세계	① 마법사 ② 여교황 ③ 여제 ④ 황제 ⑤ 교황
	② 모험에의 소명	⑥ 연인
	③ 소명의 거부	⑦ 전차
	④ 정신적 스승과의 만남	⑧ 힘
	⑤ 첫 관문과의 통과	⑨ 은둔자 ⑩ 운명의 수레바퀴

	⑥ 시험, 협력자, 절대자	⑪ 정의 ⑫ 매달린 사람
2막	⑦ 동굴 가장 깊은 곳으로의 진입	⑬ 죽음 ⑭ 절제
	⑧ 시련	⑮ 악마 ⑯ 탑
	⑨ 보상	⑰ 별
	⑩ 귀환의 길	⑱ 달 ⑲ 태양
3막	⑪ 부활	⑳ 심판
	⑫ 영약을 가지고 귀환	㉑ 세계

처음에 은림 님의 나무 타로를 손에 넣고, 이 타로가 소설 『나무대륙기』의 설정을 바탕으로 만들어졌다는 것에서 출발하여, 나는 타로 카드와 소설 속 인물들을 매치시켜 보기도 하고, 주인공의 여정을 타로 카드의 광대의 여행과 연결해서 생각해 보기도 했다. 크리스토퍼 보글러의 책을 읽고는 이런 식으로 정리해 보기도 했다. 그리고 타로 카드는, 나의 여러 글쓰기 도구들 중 하나로 자리잡았다.

하지만 역시, 메이저 아르카나만으로는 부족하다. 주인공 이야기야 그렇다고 쳐도, 타로 카드에 22장의 메이저 아르카나만 있는 것이 아니듯, 서사에도 주인공만 나오는 것은 아니다. 어떤 이야기에서 주인공부터 조연까지 모두 이 여정을 따라갈 수는 없다. 혹은 이야기의 주인공이 완성형 인물일 경우, 관찰하고 성장하는 '광대' 역할은 다른 인물에게 주어지기도 한다. 이와 같은 경우들 역시 카드에서 힌트를 찾을 수 있다. 인물이라면 코트 카드들이 있고, 주인공 외의 다른 인물들의 성장은 마이너 아르카나가 보여 주고 있으니까.

3장 마이너 카드, 그리고 〈랑야방〉의 세계

뜬금없는 이야기이지만 몇 년 전 유행했던 〈랑야방〉이라는 중국 드라마가 있었다. 1화부터 마지막 화까지 숨가쁘게 복수하는 대하드라마인데, 마이너 카드를 이야기하면서 〈랑야방〉에 대해 잠시 이야기하려 한다.

사실 한 시간 반에서 두 시간 정도로 이루어지는 영화에서는 주역들 서사에 집중하기도 바쁘다 보니, 메이저 카드와 코트 카드만으로도 많은 부분을 설명할 수 있다. 하지만 장편 드라마는 이야기가 다르다. 물론 옴니버스 물이나 사자에상 시공*처럼 주인공이 나이를 먹지 않는 경우라면 다르다. 장편 드라마이면서, 마치

---

* 작중 시간은 흘러가나 주인공의 나이는 그대로인 경우. 일본 만화 『사자에상』이나 『명탐정 코난』처럼 분명히 계절 변화도 보이고, 사람들이 사용하는 기계도 바뀌는데 주인공들은 나이를 먹지 않고 여전히 처음 시작했을 때의 나이인 상태를 이야기한다. 초장기 연재작에서 흔히 발생하는 문제다.

영화처럼 하나의 일관된 서사를 중심으로 움직이고, 그러면서도 주인공은 물론 조연들까지 복잡한 서사를 보이는 드라마일수록, 이 마이너 카드까지 탈탈 털어서 적용해 보기 편하다.

◇

금릉을 수도로 삼은 대량제국에서는 황제의 장남으로 덕이 높았던 기왕과 그를 지지하는 이들이 역도로 몰려 사사되었다. 이때 기왕의 어머니 신비의 친정이 되는 임씨 집안과 그 가장인 임섭 장군을 따르는 적염군 역시 모두 역적으로 몰려 죽고 말았다. 임섭 장군과 진양 장공주의 아들이자 적염군의 소년 장수로 이름높던 임수 역시 그때 죽었고, 임수의 친우이자 신비가 아끼던 정빈의 아들인 정왕 역시 몸을 숙여야 했다.

12년 뒤 월귀비의 아들인 태자와 황후의 왕자인 예왕이 서로 제위 계승 경쟁을 벌이는 가운데, 강호에서 정보를 다루는 것으로 유명한 랑야각에서는 "매장소를 얻는 자가 천하를 얻을 것"이라는 정보를 흘린다. 이 매장소라는 인물은 무공을 전혀 쓰지 못하는데도 그 천재적인 두뇌의 힘만으로 강호에서 이름 높은 강좌맹의 방주가 된 인물인데, 사실은 죽은 줄 알았던 임수였다. 복수를 위해 12년 동안 모든 것을 준비한 매장소는 금릉으로 돌아와 태자를 몰락시키고, 예왕을 편드는 척하면서 과거의 원수들에게 복수해 나가고, 옛 친구인 정왕을 황제로 만들기 위해 움직인다.

사실 이 드라마에서 노리고 매력적으로 만든 캐릭터들은 많다. 비밀을 간직한 채, 얼마 남지 않은 목숨을 다해 정왕을 태자로 만들고 역모죄를 쓴 가문의 명예를 회복하려 하는 고결한 주인공인 매장소/임수도 그렇고, 강직하고 일관되게 정의와 정도를 향해 걸어가는 정왕도 매력적이다. 임수의 옛 약혼녀이자 싸우는 여성 장수 속성을 지니고 있는, 러브라인뿐 아니라 중요한 부분에서 임수와 정왕을 위한 키 역할을 하는 예황군주, 매장소에게 충실한 비류나 임수를 아끼던 몽통령, 짝을 잃은 기러기 같은 처연미가 돋보이지만 두뇌파 미중년인 언궐 국구님과 그 아들인 언예진, 악역이지만 매력적인 예왕과 녕국후 일가, 그리고 모두가 매장소 안의 임수를 안타까워할때 홀로 매장소 자체를 바라보며 그를 아끼는 린신 각주까지. 이 복잡한 캐릭터들은 저마다의 속성을 갖고 있으며, 이야기의 서사와 별개로 그들 개인의 서사를 살펴보는 것도 흥미진진하다.

◇

우선 펜타클을 먼저 살펴보자. 펜타클은 종종 코인이라고도 불린다. 문자 그대로, 보이는 그대로 돈을 의미한다. 돈은 종종 욕망의 대상이지만, 그 욕망의 방향은 상당 부분 생존과 안전, 안락함을 향해 있다. 모험심 넘치는 투자보다는, 일단 자기가 쥔 것을 안전하게 보관한 다음 그다음으로 나아가려는 것이 펜타클의 의지다. 펜타클은 보수적이고 안전지향적이다. 그를 표현하듯 에이스 펜타클은 다른 펜타클과 달리 유일하게 울타리에 둘러싸여 있다.

이 펜타클은 정왕과 그 어머니 정빈을 연상하게 한다. 펜타클은 땅 속성으로, 정적이며 이성적이다. 이 펜타클 에이스는 마치 정왕의 어머니 정빈과도 같다. 그는 조용히 인내하며 아들을 지키고, 다른 후궁들의 눈에 띄지 않게 매사 조심스럽게 행동한다. 촉망받던 기왕이 역모에 몰려 죽고, 자신이 존경하던 신비가 자결하는 모습을 보았던 그는, 조용히 인내하고 기다리며 어떻게든 살아남아야 한다는 것을 알고 있다.

하지만 정왕은 가만히 머리를 숙이고 지내기에는 재주 많고 총명한 청년이다. 애초에 그 어머니인 정빈도 단순한 후궁이 아니라, 의술을 공부했고 지혜로운 이였다. 그는 마치 두 개의 동전을 들고 재주를 부리는 2펜타클처럼, 자신에게 주어진 일들을 해치우고 있다. 언뜻 보기에는 불안해 보이지만, 2펜타클 카드에서 동전들의 궤적은 무한의 기호를 그리고 있다. 재주가 많은 이 사람은 자신에게 주어진 일들을 효율적으로 균형을 추구하며 해치우고 있다.

3펜타클은 이제 자신의 재능을 살려 돈을 벌기 시작하는 인물, 안정을 추구하는 인물을 보여 준다. 정왕은 군사적인 실적을 쌓고 아버지의 신임을 조금이나마 얻게 되지만, 아직 정치적인 면이 부족하여 자신의 업적을 온전히 인정받지 못하고 있다. 3펜타클도 마찬가지다. 아직 젊고 경험이 부족한 3펜타클은, 당장의 안정을 위해 눈앞에 보이는 것에만 급급하는 경향이 있다. 그는 노력하지만, 아직 충분한 돈을 벌지는 못한다. 그는 신입사원이거나 비정규직이고, 일단 돈을 벌기 시작했다고 해도 그가 원하는 풍요와 안전을 위해서는 갈 길이 멀다. 마치 초반부의, 일을 잘해 놓고도 늘 그 공을 형들에게 빼앗기던 정왕과 같다.

이후 4펜타클에서 8펜타클까지는 정왕의 인생여정이나 마찬가지다. 펜타클은 가장 고지식한 속성이며, 이 고지식함은 정왕의 고지식한 삶의 태도와 이어진다. 구체적인 의미를 정왕과 연결짓기 전에, 먼저 잠시 타로 카드를 먼저 살펴보자.

4펜타클은 두 발로 펜타클을 꾹 누르고, 팔로는 펜타클을 끌어안고 있다. 그는 보수적이고 욕심 많은 사람이다. 처음 자기 것을 갖게 된 주인공은 마치 자린고비처럼 돈을 끌어안고 있다. 이 방식으로는 안정적으로 돈을 모을 수는 있지만, 더 발전시킬 수는 없다. 종잣돈을 모으는 동안에는 분명 이 방식이 유효하다. 하지만 언젠가는 이 보수적인 전략을 수정해야 할 때가 온다.

5펜타클은 다치고 병든 몸에 얇은 옷만 입은 채로, 비참한 마음으로 눈이 내리는 밤거리를 헤메는 사람을 보여 준다. 그는 재산을 잃고, 죽을 만큼 고통받았다. 어쩌면 빚마저 지는 바람에 살던 집까지 잃었는지도 모른다. 돈을 모으기 위해서는 모험도 필요하지만, 제대로 공부하지 않고 섣불리 투자했다가 갖고 있던 기반마저 무너지기도 한다. 이 카드는 타로 카드 78장 중에서 가장 비참한 모습을 담고 있는 카드라고 흔히 말한다. 하지만 그는 이대로 무너지지 않을 것이다. 저 스테인드글라스의 불빛처럼, 그는 개인의 선의든 사회의 안전망이든, 누군가의 도움을 받아 다시 일어설 희망을 찾을 수 있을 테니까.

6펜타클은 공정함을 추구한다. 그는 한 손에 저울을 들고 있으며, 어려운 사람들에게 자선을 베푼다. 이 카드는 메이저의 정의 카드와 닮아 있다. 하지만 정의 카드가 공정한 판결을 추구한다면, 6펜타클은 공정한 행동을 추구한다. 그는 부를 추구하지만, 부가 몇몇에게 편중되는 것, 일한 만큼 대가를 받지 못하는 사람이 존재하는 것에 불편함을 느끼고, 혼자만 잘살기보다는 자선을 베푼다. 정의의 저울이 법의 저울이라면, 6펜타클의 저울은 양심과 연대의 저울이다.

7펜타클은 풍성한 수확을 얻었다. 지금 그의 줄기에 매달린 여섯 개의 펜타클은 그가 성실히 노력해서 얻은 결과다. 하지만 그는 지금 발치에 놓인 새로운 펜타클을 바라보고 있다. 보수적인 펜타클은 선뜻 자신의 성과를 두고 새로운 것을 향해 손을 내미는 대신, 그 새로운 펜타클을 어떻게 하면 손에 넣을 수 있을지 생각한다.

8펜타클은 자신의 실력을 갈고닦기 위해 노력하는 사람이다. 자신의 부족함을 생각하고 스스로에게 불만을 품었던 8펜타클은, 이제 자신의 부족함에 두려움을 느끼고 한 단계 더 성장하기 위해 배움을 찾거나, 도제로 들어간다. 그 과정은 쉽지 않고 때로는 무척 지루하겠지만, 이 과정이 끝난다면 8펜타클은 새로운 단계로 나아갈 수 있을 것이다.

다시 정왕의 이야기로 돌아오자. 12년 전 정왕은 동해로 군사 훈련을 하러 갔다. 그는 4펜타클처럼 발이 묶인 상태였다. 그 상황에서 그는 78장의 타로 카드 중에서 가장 비참한 운명을 가리키는 5펜타클, 적염군의 몰락과 기왕과 임수의 죽음을 맞닥뜨리게 된다. 이후 정왕은 본인의 재능과 성실함, 기왕을 본받은 듯한 공명정대함을 바탕으로 6펜타클처럼 노력하며 살아가지만, 노력한 만큼의 성과와 칭찬을 되돌려받지 못하고, 황제에게 인정받지도 못한다. 7펜타클처럼, 고민과 불만이 쌓일 수밖에 없는 상황이다. 그러나 그는 우직하게 계속 노력한다. 매장소를 만나고, 새로운 목표를 얻은 그는 8펜타클과 같이 조금 더 발전한 방향을 향해 계속 노력한다.

그 결과가 9펜타클이다. 9펜타클은 노력의 성과로 마침내 성공한 사람의 이미지를 보여 준다. 그는 금전적인 풍요를 누리고 있으며 자신이 얻어낸 결실과 아름다운 것들에 둘러싸여 있고, 행동거지에서도 우아함이 느껴진다. 그는 이제 돈도 돈이지만, 다른 것에 관심을 두기 시작한다. 자신을 좀 더 안락하게 하는 것들, 생활을 아름답게 하는 것들, 예술과 문화, 자선사업 같은 것에. 한편 이 카드는 여제 카드나, 코트 카드의 여왕들과도 닮아 보인다. 긴긴 겨울을 견디는 땅 속의 씨앗처럼 인내하던 정빈이 정비를 거쳐 마침내 정귀비로 승격되는 순간이다. 이후 정빈(정귀비)은 아들이 황제가 되며 황족들을 보듬는 황태후, 펜타클 여왕으로 업그레이드할 것이다.

하지만 정왕에게는 아직 갈 길이 남아 있다. 그는 마침내 영광의 자리에 올라 태자가 되고, 펜타클 기사에서 펜타클 왕으로 업그레이드하며 황제가 되지만, 과한 영광이 반드시 우리에게 행복을 보장하는 것은 아니다. 돈에 둘러싸여 있는 듯 보이는 10펜타클이 그렇다. 실제로 어느 정도까지는 재산의 증가와 행복이 비례한다. 그러나 행복 역시 한계효용 체감의 법칙을 따른다. 재산의 크기가 일정량을 넘으면, 더 증가한다고 해서 행복도 함께 증가하지는 않는다. 이른바 이스털린의 역설이다. 10펜타클은 돈과 행복이 더 이상 비례하지 않는 상태, 나아가 재산상속 등 돈 문제로 가족들 사이가 서먹해질 수도 있는 경우를 보여 준다. 사회적 성공을 거두었으나 고독한 10펜타클과 같이, 정왕은 최고의 영광을 누리지만 임수를 잃고 고독에서 벗어나지 못한 채 외로운 싸움을 계속하게 된다.

펜타클은 정적이지만 한 번 움직이면 우직하게 나아간다. 그런 듯한 펜타클인 정왕이 움직일 수 있었던 것은 가장 빠르고 냉혹한 소드의 왕, 매장소(임수)가 그의 등을 떠밀며 함께 나아갔기 때문이다. 하지만 마지막에 그는 혼자 남겨진다. 어머니와 황후, 자식들, 그리고 수많은 신하들이 곁에 있지만, 가장 함께하고 싶었던 소중한 친구는 이제 없다.

◇

컵은 성배를 나타내지만, 성배가 중요한 것은 그 컵이 귀금속으로 만들어지거나 아름답게 세공되었기 때문이 아니다. 성배의 핵심은 그 안에 담겨 있는 것, 기독교에서는 '주님의 보혈'로 상징되는 피나 포도주, 혹은 성스러운 물에 있다. 컵의 중심이 그 안에 담긴 내용물에 달려 있다면, 사람의 중심은 그 안에 있는 마음과 감정에 있다. 이 컵에 담긴 마음을 전면에 내세운 에이스 컵은 감정이나 타인과의 관계, 혹은 사랑을 상징한다. 하지만 이 내용물의 형태는 고정된 것이 아니라 그를 담고 있는 컵의 형태에 좌우된다. 마치 사람의 마음이 상황에 따라 얼마든지 변할 수 있는 것처럼. 이 변화무쌍함은 녕국후 일가의 운명과도 같다.

녕국후 사옥은 이 드라마에서 가장 복잡한 인간 중 하나다. 그는 사모하던 리양 장공주를 손에 넣기 위해 미약을 썼으며, 결혼을 통해 신분상승을 꾀했다. 또한 아들 경예를 통해 무림의 천천산장과도 가족같이 지내며 이를 바탕으로 권력을 강화한다. 변화무쌍하게 모습을 바꾸고, 경계가 없이 잘 뒤섞이며, 감정에 충실한 녕국후와 그의 일가는 컵의 속성으로 보면 이해하기

편하다.

2컵은 두 개의 컵, 두 개의 마음이 만나며 만들어지는 첫 번째 감정을 이야기한다. 사람을 치유하고 포근하게 감싸안는 이 감정은 열렬한 로맨스보다는 좀 더 순수한 애정에 가깝다. 어린 시절의 풋풋한 사랑이나 플라토닉한 애정, 혹은 단짝친구다. 2컵이 보여 주는 관계는 개인적이며 내밀하다. 하지만 이 관계는 한 번 끝나면 다시 회복하기 어려운 관계다.

혼인 전, 리양 장공주는 인질로 와 있던 남초국왕의 아이를 임신한다. 장공주를 남초국으로 시집 보낼 수 없었던 황태후의 묵인과 장공주를 사모하던 녕국후의 미숙한 욕망이 맞물려, 장공주는 자기도 모르는 사이 녕국후가 준비한 미약을 먹게 된다. 혼인은 이루어지지만, 이 관계는 시작부터 어려워진다. 두 개의 컵 중 한 쪽이 다른 쪽을 속였다. 그 컵에 문자 그대로 약을 풀었기 때문이다. 지금 기준으로는 명백한 범죄다.

3컵은 세 사람이 서로 원을 그리며 춤추는 모습이다. 어느 면으로 기울어져도 곧 안정을 찾는 정삼각형처럼, 이들의 관계는 안정적이고 이상적인 우정을 보여 주고 있다. 이들은 좀 더 집단화되고 사회화된 관계이자, 무척 친밀한 친구들이다. 이들은 서로의 삶에 바빠 멀어지더라도, 만나면 곧 다시 가까워진다. 서로 마음을 터놓을 수 있는 친구들과 함께 있을 때, 우리는 우정을 통해 마음의 평화를 찾는 한편, 더 성숙해질 수 있다. 어쩌면 장공주는 자신도 남초국왕과 이루어질 수 없었음을, 그러니 이렇게라도 아이를 지킬 수 있었음을 고맙게 여겼을지도 모른다.

하지만 녕국후의 생각은 다르다. 4컵은 세 개의 컵을 앞에 두고 한 개의 컵이 더 나타난 모습을 하고 있다. 친구 관계에 변화가 생기는 것이다. 사이좋은 친구들 사이에 새로운 사람이 끼어드는 것일 수도 있고, 친구들 무리 사이에서 연인으로 발전하는 이들이 나타나는 것일 수도 있다. 이 관계는 당사자들에게는 기쁨일지 모르지만, 이와 같은 관계의 변화로 소외되는 사람에게는 원치 않는 변화일 것이다. 새로운 사람에 대한 적대감이나, 관계의 변화를 꺼리는 듯한 반응은, 지금 이 상태를 유지하고 싶은 마음에서 비롯된다. 녕국후는 장공주를 사랑하지만, 장공주가 임신한 아이, 자신의 아이가 아닌 남초국왕의 아이를 무효로 만들고 싶어한다. 마침내 장공주는 아이를 낳고, 녕국후는 아이를 죽이려 한다. 4컵의 무심해 보이는 모습은 그런 그의 외면을 보여 준다.

5컵에서는 다섯 개의 컵 중 세 개가 쓰러져 있고, 아직 두 개의 컵이 남아 있다. 계획은 절반만 성공했다. 정확히는 같은 건물 안에서 같은 날 태어난 두 아이 중 천천산장의 아이가 목숨을 잃고, 장공주의 아들인 경예는 살아남는다.

이 다섯 개의 컵들은 어쩌면 한 사람의 여러 모습들을 보여 주는 것일 수도 있다. 처음 사람을 만날 때는 이 사람의 단점이 바로 보이지 않지만, 시간이 지나면서 그동안 몰랐던 모습이 드러난다. 처음에는 매력적이라고 생각했던 부분이 치명적인 결점인 경우도 있다. 미련이 남아 있지만, 그럼에도 단점이 더 눈에 들어오는 것만은 어쩔 수 없다. 장공주는 녕국후가 자신을 사랑하여 이 혼사를 강행한 것을 알았지만, 그가 원하는 것은 자신일 뿐, 자신의 아이에게는 적대적인 것을 알게 되었다. 이후 두 사람은 가족을 이루고 살고, 다른 자식들을 여럿 두게 되지만, 녕국후는 장공주의 사랑을 결코 얻을 수 없다.

앞서 아이를 죽이려 한 사건에서, 어둠 속에서 한 아

이는 죽고 한 아이는 살아남았다. 어느 집 아이인지 알수 없다는 이유로, 황실의 성인 소 씨를 받고 두 가문의 아이로 자라게 된다. 물에 물 탄 듯, 그렇게 경예의 출신에 대해서는 두루뭉술하게 넘어가지만, 녕국후는 원하지 않았던 아들 경예를 통해 천천산장이라는 강호 무림의 인맥을 손에 넣었으며, 이들은 무림인들답게 한 번 맺은 신의에 충실하다. 마치 서로 꽃을 주고받는 6컵의 인물들처럼.

6컵의 주인공은 어린 아이의 옷을 입고 있다. 천진난만하고 순수한 시절, 그저 서로만 있어도 행복할 수 있었던 순간들을 떠올리는 것 같다. 하지만 추억에만 매여 있는 것은, 현실에 만족하지 못한다는 뜻일 수도 있다. 현재 겉보기는 나쁘지 않지만, 혹 권태기에 빠져 있는 것은 아닐까? 이렇게 과거에 집착하다 보면, 과거의 일을 별다른 생각없이 답습하거나, 인습을 이어가는 결과를 낳기도 한다. 누군가의 희생 위에 자리잡았던 일부의 행복을, 미풍양속이라고 미화하는 것처럼.

경예는 자신의 친아버지가 누구인지, 어린 자신을 죽이려 했던 인물이 누구인지는 모른다. 이야기 초반의 그는 두 가문의 아들로서, 어디에도 속할 수 없었지만 행복해지려고 노력하는 인물이었다. 이 일을 계기로 두 가문은 좋은 게 좋은 거라는 듯한 결합 관계를 유지하지만, 경예는 이 카드의 주인공이 될 수 없다. 이 카드에서 경예의 위치는, 컵에 담긴 꽃일 뿐이다.

이후 랑야방 본편에서의 녕국후 사옥의 이야기는 7컵에서 10컵까지를 쭉 보여 주는 것과 같다.

7컵은 일곱 개의 컵이 구름 속에 둥둥 떠 있는 모습이다. 문자 그대로 백일몽이다. 꿈꾸고 바라는 것이 있지만 명확한 목표나 이를 이루기 위한 구체적인 노력 없이, 뜬구름 잡는 생각을 하는 것에 가깝다. 말도 안 되는 행운을 꿈꾸는 것이니 이를 이루는 것은 아마 불가능할 것이다. 하지만 그런 행운을 꿈꾸는 것이, 반드시 어리석은 일이기만 할까. 이런 몽상에 매달려 다른 현실을 포기하는 게 아니라면, 이런 꿈은 때때로 다음 단계로 나아갈 힘을 주기도 한다.

8컵은 무언가를 두고 떠나는 사람이다. 졸업이나 이사와 같은 익숙한 것과의 결별은 슬프지만, 반드시 나쁜 일만은 아니다. 자신이 변하고 발전했기 때문에 다음 단계로 나아갈 수 있는 것이다. 새로운 상황에 놓이며, 기존의 인간관계 역시 큰 변화를 겪을 수도 있다.

하지만 사람의 인생을 바꾸려면 사는 곳을 바꾸고, 새로운 사람을 만나라는 말도 있다. 변화는 두렵지만, 새로운 기회가 될 것이다.

9컵의 주인공은 당당하게 앞을 보고 앉아 있으며, 그의 등 뒤는 여러 컵들이 둘러싸고 있다. 이들 컵들은 문자 그대로 빽이다. 성공을 통해 여러 사람들을 만나고, 그들과의 인맥 자체가 진정한 재산이 되어 있는 상태다. 무슨 일을 하더라도 자신을 지지해 줄 동료들을 모을 수 있고, 이 인맥이 새로운 성공의 발판이 될 것이다. 성공의 어느 단계 이후는 분명, 혼자서 노력하는 것이 아니라 수많은 사람들과 함께 가야 하는 것이니까. 성공한 인맥을 잔뜩 거느린 무척 발이 넓은 사람, 혹은 나아가 정치인이 될 수도 있을 것이다. 이 카드는 종종 '소망의 카드'로도 불린다.

10컵의 주인공은 가족과 함께하고 있다. 그들은 하늘에 뜬 무지개를 바라보고 있으며, 가족끼리 서로 깊이 사랑하고 의지한다. 그들의 앞날은 행복하겠지만, 그들이 바라보는 무지개가 너무 멀리 있는 것이 불안하다. 어쩌면 가족 중 누군가가 자신의 꿈을 찾는다며, 서로 사랑하는 우리 가족을 빙자하여 다른 가족들을 착취하는 일일지도 모른다.

넝국후는 기본적으로 7컵과 같은 인간이다. 그는 자신의 욕망에 눈이 멀어 있고, 그로 인해 씻을 수 없는 죄들을 짓는다. 사모하는 사람을 속이고 배반하고, 그 사람의 아이를 죽이려 하고, 권력의 맛을 본 뒤에는 죄 없는 기왕에게 죄를 뒤집어씌우고, 임섭 가문을 몰락시킨다. 그렇게 덧없는 꿈에 취해 악행을 저지른 인간이기에, 그는 9컵, 소망의 카드까지 닿지 못한다. 대신 그는 8컵과 같이 모든 것을 잃고 유배를 당하게 된다. 그는 완성으로 가지 못한 채 유배당하고 죽는다. 그의 야심으로 인해 천천산장의 사람들은 배신을 당했고, 장공주와 그녀의 아이들 역시 연좌만을 면했을 뿐이며, 천천산장의 장남에게 시집 보낸 딸은 아이를 낳다가 목숨을 잃는다. 그의 야심은 결국 10컵이 보여 주는 가족의 행복마저 망쳐 버린 것이다.

하지만 넝국후가 정말 모든 것을 잃은 것은 아니다. 장공주는 결코 그를 용서하지 않았으나 오랜 세월 함께 살아오며 정이 쌓여온 상태였다. 장공주는 그가 죄를 지었을 때 그에게 함께 자결하겠다고 말한다. 만약 그가 과오들을 저지르지 않았다면, 미약을 타서 일부러 추문을 일으키지 않았다면, 아이를 죽이려 하지 않았다면, 권력에 대한 욕망으로 장공주의 언니인 진양 장공주와 그 가족들인 임섭 일가를 몰살시키지 않았다면, 컵이 택할 수 있는 가장 나쁜 방식만을 골라서 택하지 않았다면, 젊은 시절부터 말년까지 계속되었던 그의 한결같은 사랑은 분명 장공주의 사랑과 감사로 되돌아왔을 것이다.

한편 녕국후 일가들 역시 전부 컵 속성을 갖고 있다. 녕국후부의 차남이지만 경예의 출생에 얽힌 사건 때문에 실질적으로 장남 대접을 받고 있는 사필은 컵 기사이며, 아버지가 도달하지 못한 컵의 왕을 향해 천천히 발전하는 캐릭터다. 과거의 일을 복기하며 자신의 내면을 들여다보는 컵 여왕은 장공주다. 컵 여왕은 소드의 왕과는 대척점에 놓여 있지만, 여왕들 중에서는 가장 강력한 카드이기도 하다. 그래서 장공주는 작품 후반부에 결정적인 역할을 담당한다. 장공주의 맏아들인 경예는 속성만으로는 페이지 컵이지만, 경예에 대해서는 따로 설명하겠다.

◇

완드는 깃대를 닮았다. 멀고 먼 목표 지점에 깃대를 꽂기 위해 앞으로 나아가고자 하는 열정이자, 목표 그 자체이기도 하다. 설령 이 모험으로 인해 얻는 것이 많지 않더라도, 자신의 열정이 이끈다면 완드는 자신의 꿈에 공감하는 동료들을 모아 앞으로 나아갈 것이다. 에이스 완드는 이 최초의 열망, 자신이 꿈꾸는 일을 위해 모험을 떠나려는 의지를 품은 사람을 보여 준다. 마치 해적왕이 되겠다며 모험을 떠나는 이야기의 주인공처럼, 완드는 종종 영웅 서사의 주인공이 되기도 한다.

언퀄 국구 가문의 이야기는 이 완드로 설명할 수 있다. 언퀄 국구는 과거 2완드와 같은 원대한 꿈을 꾸었다. 지구본을 든 젊은 영웅을 묘사한 2완드 카드는, 멀리 깃대를 꽂는 정도가 아니라 세계를 정복하겠다는, 크고 원대한 목표를 품은 인물을 의미한다. 하지만 이 목표를 정말로 이루려면, 그만큼의 피나는 노력이 있어야 한다. 그렇지 않으면 이 영웅이 품은 꿈은 그저 별것 아닌 백일몽에 지나지 않는다. 2완드는 그 노력을 감당할 각오가 되어 있다. 언퀄 국구는 과거 더 나은 세상을 만들기 위해 친구이자 주군인 현재의 황제를 제위에 올린 인물이었다.

이런 젊은 시절의 언퀼 국구를 보여 주는 상징적인 장면은, 젊었던 그가 광야에서 그가 복슬복슬한 털 세 개가 달린 지팡이를 짚고 적진을 굽어보는 모습이다, 그는 자신의 지혜와 외교력으로 전쟁의 위기에서 나라를 구해낸 영웅이었다. 3완드는 영웅이 차지한 최초의 성공이자, 그가 차지한 최초의 영토이다. 막대기가 하나일 때에는 깃대가 되고, 둘일 때는 깃대와 무기가 되지만, 이제 세 개가 되자 이 막대는 최초의 울타리가 된다. 아직 영웅이 꿈꾸는 원대한 꿈, 세계 정복에 도달하려면 갈 길이 멀다. 하지만 지금 그가 차지하고 울타리를 세운 이 첫 번째 영토는, 그가 앞으로 나아갈 발판이 된다. 또한 5완드(경쟁)를 통해 자신의 군주를 황제로 만드는 데도 성공했다. 만약 그가 4완드, 결혼을 통해 행복해졌다면 그의 인생은 만사가 잘 풀렸으리라.

4완드는 네 개의 기둥을 세우고 축제를 즐기는 것 같은 모습이다. 축제는 즐거운 이벤트이자 휴식이고, 어떤 일을 매듭지었을 때, 혹은 중간 목표를 달성했을 때 생기는 이벤트이기도 하다. 목표한 일을 얼만큼 이루었는가, 마일스톤을 점검하고 기쁘게 휴식을 맞이하

자. 그리고 새로운 시작을 준비해 보자. 이 카드는 애정운에서는 종종 행복한 결혼을 의미하기도 한다. 하지만 언퀄 국구는 이 부분에서 매듭이 잘못 지어지고, 결혼 문제로 인생이 틀어진다. 언퀄은 그는 자신의 누이를 황제와 혼인시키지만, 황후가 된 누이는 덕은 부족한 데다 언퀄만큼 총명한 인물이 아니었고, 자신의 아이를 낳지 못했다. 한편 언퀄은 친구인 임섭의 누이를 사모하고 있었는데, 황제는 그 사실을 알면서도 임섭의 누이를 자신의 후궁으로 삼는다. 이것은 단순히 삼각관계의 문제가 아니다. 황제는 뻔히 언퀄과 임섭, 그리고 임섭의 누이의 마음을 알면서도 권력행사를 한 것이다.

5완드는 동료들과 의견 대립 중이다. 하지만 이들은 서로 적대적으로 싸우는 것은 아니다. 이들이 티격태격하는 것은 오히려 발전적인 토론에 가깝다. 이들은 세상에 흥미있는 것들도 많고, 꿈을 이루기 위해 선택할 수 있는 과정도 많다. 그중에서 가장 빠른 길, 가장 흥미진진한 길, 더 성공할 수 있는 길을 찾기 위해 이들은 의견을 주고받고, 때로는 격렬하게 토론한다. 이는 언퀄이 유능한 책사이자 문관이었으며, 토론으로 자신의 주장을 관철시키는 인물이었음을 설명할 수 있다.

6완드는 다른 사람들과 함께 성공을 거둔 사람을 보여 준다. 혼자만의 성공이 아닌, 동료들이 함께하는 성공이다. 5완드에서 주인공은 동료들과 토론을 했다. 이 6완드는 이때 주인공의 의견이 채택된 결과다. 하지만 6완드는 독선적이지 않다. 자신의 성공은 혼자만의 것이 아니라는 것을 알고, 동료들의 의견으로 자신의 의견을 보완하거나 돋보이게 만들었다. 그는 이제 동료들의 리더로 자리매김한다. 하지만 누이를 황후로 만들고, 자신은 황제의 가장 신임받는 신하가 되었음에도, 이야기는 아직 끝난 것이 아니다. 언퀄과 그의 동료들, 벗들은 내분을 겪는다. 마치 7완드처럼.

7완드는 다른 여러 의견들과 충돌하고 있다. 이전에는 동료들과 토론하며 의견을 나누던 완드는 이제 자신의 주장을 강하게 관철해 나갈 수 있다. 반대를 무릅쓰고 자신의 뜻을 밀고 나가는 데는 성공하지만, 이것은 독선이 아닐까? 그리고 이 신념은 정말로 옳은 것일까? 옳은 신념을 관철해 나가는 영웅은 위대하지만, 우리는 때로 지도자의 잘못된 신념이 다른 모든 사람들을 불행하게 하는 경우들을 알고 있다. 언퀄이 섬겼던 황제 또한 그런 인물이었다. 그는 장자가 아니지만 문관인 언궐과 무관인 임섭의 도움을 받아 즉위했고, 권력을 손에 쥔 다음에는 자신을 제위에 올려 준 총신들은 물론 친아들까지도 경계한다.

8완드는 마이너 카드들 중에서 가장 빠르게 이동하는 카드다. 고집을 꺾지 않고 주장을 관철한 7완드는, 이제 모든 지팡이가 한 방향으로 빠르게 날아가며 일을 전광석화처럼 진행해 나간다. 빠른 것이 과연 좋은 것일까? 그것은 상황에 따라 달리 보이는 부분이다. 황제는 정왕이 군사 훈련을 나갔던 그 짧은 기간 동안 매우 신속하게, 맏아들과 임씨 가문, 적염군을 역모로 몰아 버린다. 그리고 국구 언궐은 이제 9완드와 같이, 세상을 향해 담장을 친다.

9완드의 완드들은 울타리처럼 땅에 뿌리를 내린 채 주인공을 둘러싸고 있다. 완드는 끝없이 다음 목표를 향해 움직였지만, 이제 더이상 움직일 수 없는 상황에 처했다. 현상유지가 최선인 상태다. 하지만 이것은 사면초가가 아니다. 이것은 그가 이제껏 거둔 성과의 최대치이고, 그가 지금까지 이루어온 것들이 마치 성처럼 그를 둘러싼 상태다. 여기서 무리해서 더 나아가려

하다가는, 오히려 지금 손에 쥔 것마저 잃을 수도 있다.

10완드는 지금 너무 많은 일에 신경을 쏟고 있다. 그는 이제 수많은 사람들을 거느리는 보스이고, 모험은 그의 부하 직원들의 몫이다. 하지만 여전히 모험심을 안고 있는 그는 아직도 자기 부하들을 믿지 못하고 직접 모든 일에 손을 대고 싶어한다. 그는 너무 많은 일을 하고, 뭐든 자기가 책임지고 싶어하는 일중독자이고, 이 때문에 본인은 물론 다른 사람들을 힘들게 한다. 언퀄은 집에 은거한 채, 갑자기 도교에 귀의한다며 아들도 내버려두고 이런저런 일을 벌이지만 사실은 복수를 꿈꾸고 있다. 완드의 여러 속성 중에는 불 같은 감정, 종종 분노도 포함되어 있는 만큼, 언퀄의 마음속에 감당하기 어려운 감정이 남아 있었음을 짐작할 수 있다. 만약 매장소가 상황을 미리 간파하고 말리지 않았다면 언퀄은 그 분노로 말미암아 새로운 파국을 낳고 말았을 것이다.

매장소를 만난 이후로 언퀄은 완드의 왕이 되어 자리를 잡고, 분량은 적지만 이야기의 흐름을 이끌어나가게 된다. 완드는 4대 원소 중 유일하게, 그 자체로 생명과 강한 의지를 품고 있다. 그에게는 이야기 전반에서 제대로 챙기지 못했던 후계자 예진이 있으며, 생명력과 호기심이 강한 페이지 완드인 예진은 아버지가 은거에서 벗어나 9, 그리고 10완드에서 완드 왕으로 변화할 무렵, 아버지와 흉금을 터놓고 비밀을 공유하며 완드 기사로 업그레이드된다. 이 강력한 기사와 왕 부자가 진가를 발휘하는 장면은 역시 예왕의 반역 시퀀스다. 예진은 기꺼이 무기를 들고 앞장서 싸우며, 언퀄은 두려워하는 황제와 신하들 앞에서 영웅이었던 황제의 젊은 시절을 일깨우고 역적을 토벌하라 진언한다.

◇

〈랑야방〉 오프닝에서는 안개가 낀 듯한 배경에 수묵화 같은 흰 나비가 날아다닌다.

나비는 변신과 영혼을 뜻한다. 즉 이 오프닝은 임수/매장소의 변신과, 그의 고결함을 의미한다. 또한 변신은 많은 경우 죽음과 재생을 의미한다. 중국은 어떤지 모르겠으나, 우리나라에서는 봄에 처음 본 나비가 흰 나비라면 누군가 죽는다는 이야기도 있었다. 그러니 이 나비는 임수의 변신과 더불어 봄눈처럼 짧은 생애로도 해석할 수 있다.

코트 카드 중에 나비가 그려져 있는 속성은 단 하나, 소드 카드다. 소드는 지성과 영혼을 상징하고 원소 속성으로는 공기를 의미한다. 매장소의 지략과 신선과 같은 탈속적인 모습들은 이 소드의 전형적인 속성이다.

소드는 문자 그대로 칼이다. 칼의 속성은 기본적으로 잘라내는 데 있다. 일도양단 하듯이 단호하게 맺고 끊는 성품부터, 고기덩어리에서 살점과 뼈를 발라내듯이 구별을 짓고 나누는 냉철한 이성까지. 여기에서의 칼은 합리적인 판단을 위한 기준이자 지혜가 된다.

어린 시절의 임수는 검을 든 소년 장수였다. 12년이 지난 지금도 사람들이 그 임수를 아까워할 만큼, 무예와 지략을 갖춘 이였다. 에이스 소드는 스스로의 이성으로 무언가를 결정하려는 첫 번째 결단이자, 그를 위한 합리적 지혜를 상징한다. 설령 그 맺고 끊음이 칼이 되어 누군가에게 상처를 입히더라도, 자신의 합리를 향해 나아가는 소년 장수 임수와 같이.

하지만 소드는 감정적으로 가장 고통받는 카드이기도 하다. 검으로 흥한 자 검으로 망한다는 말처럼, 임수와 그의 일족은 반역죄인이 되어 처참한 최후를 맞았다. 임수는 겨우 살아남았지만, 화한독에 중독되고 말았다. 이제 그는 결단을 내려야 한다.

2소드는 결단을 내리기로 한 사람 앞에 나타난 갈등을 의미한다. 서로 다른 두 사람이 자기 기준대로 주장을 하는 가운데, 우리는 어느 쪽이든 결단을 내려야 한다. 시시비비를 가리려는 사람들 앞에서 황희 정승처럼 이쪽도 저쪽도 다 옳다고 두루뭉술하게 넘어가는 것이 답은 아니다. 명확한 기준을 갖고 선택하되, 필요하다면 이 갈등을 해결하기 위해 제3의 기준을 세우는 것도 필요하다. 이 아이가 자신의 아이라고 주장하는 두 사람 앞에서, 아이를 반으로 갈라서 나누어 가지겠냐고 묻던 솔로몬처럼.

임수는 괴물 같은 모습에 말조차 하지 못한 채 살거나, 혹은 평범한 인간의 모습으로 돌아가고 말도 할 수 있지만 무공을 쓰지 못하고 몸이 극도로 약해진 채 시한부의 인생을 살아야 한다. 둘 다 절망적인 선택임에도, 임수는 복수를 선택한다.

임수를 배신한 것은 믿었던 이들이었다. 임수의 어머니는 진양 장공주였으므로, 고모는 기왕의 어머니인 신비였으므로, 임수는 기왕과 무척 가까운 사이였다. 하지만 기왕을 죽음으로 몰아넣고 자신의 가문에 역모를 씌운 이들은 고모부인 황제와 사촌에 해당하는 다른 황자들, 아버지의 옛 동료 중 하나인 녕국후와 같은 이들이었다. 3소드는 심한 스트레스를 받고 있다. 그는 욕심이 많고, 그 때문에 기준도 많고, 까다롭다. 신경 써야 할 일이 한두 가지가 아니다. 때로는 감정적인 부분을 무시하고 선택을 해야 하는 순간도 있고, 좀 더 앞으로 나아가기 위한 선택의 과정에서 다른 사람에게 상처를 입히기도 한다. 그래서 3소드의 칼은 슬픔과 상처를 보여 준다.

4소드의 주인공은 누워 있지만, 그가 누운 곳은 자신의 방 침대 위가 아닌, 교회에 놓인 관 위다. 그는 죽지는 않았지만, 깊이 상처입은 것처럼 보이고, 신의 은총이 필요해 보인다. 마치 랑야각에 누워 치료를 받으며 되살아나는 임수와 같다. 랑야각을 고치 삼아 모습을 바꾸고, 자신의 얼굴을 가렸던 붕대를 풀어내는 임수는, 오프닝에 나왔던 나비와도 같다. 그는 휴식을 취하고 있지만, 이것은 원치 않았던 불편한 휴식이다. 갑자기 자신의 의지와 상관없이 쉬게 되거나 부상을 입어서 출전하지 못하는 상태, 해야 할 일이 있지만 강제로 쉬게 된 상태다. 하지만 지금 이 사람에게는 휴식이 필요하다. 그의 머리 위에 걸려 있는 스트레스에서 잠시 벗어나 회복하고, 다시 되살아나 앞으로 나아가기 위해서. 그리고 이 과정은, 이제 임수가 아니라 매장소로 살아가야 하는 그에게는 다시 태어나는 과정과 같다.

5소드의 주인공은 전면에 나선 승자가 아닌, 옆에 돌아선 사람이다. 이 사람은 재판이나 경쟁에서 패배하고 상처를 입었으며, 실패하고 좌절했다. 종종 강력한 경쟁자가 나타났다거나, 어떤 일에 대한 대가를 치러야 한다는 의미로도 쓰인다. 매장소는 과거의 임수가 아니고, 그에게는 숨쉬는 것처럼 자연스러웠던 눈부신 무공은 결코 다시 쓸 수 없다. 조금만 걸어도 숨이 차고, 오래 살지 못할 몸이라는 것이 분명해 보인다. 하지만 이 상황은 결코 돌이킬 수 없는 실패는 아니다. 지혜나 지식을 잃어버린 것은 아니니까. 이제 매장소는 자신의 지혜로 모든 난관을 헤쳐나가야 한다.

6소드는 그럼에도 불구하고 꾸준히 나아갈 수밖에 없는 모습을 보여 준다. 배를 탄 세 사람은 한 가족처럼 보인다. 그들은 정말로 가족이기도 하고, 한 사람의 인격을 구성하는 요소이기도 하며, 종종 주인공과 그를 따르는 이들을 상징하기도 한다. 당장 세상을 바꿀 수 있는 것은 아니라 해도, 이들은 평온하고 잔잔한 물길을 타고 앞으로 나아간다. 그렇다고 이들이 그저 운명에 순응하기만 하는 것은 아니다. 이들 손에는 삿대가 들려 있고, 이는 느리지만 앞으로 나아갈 것이며, 그 운명은 자신의 선택으로 이끌어 갈 것임을 보여 준다. 매장소는 12년 동안 복수를 준비한다. 때가 될 때까지. 자신의 원수들이 본격적으로 정쟁을 벌일 때까지. 그리고 그들이 강호 제일의 책사 매장소를 필요로 할 때까지.

때가 무르익자, 7소드는 위험을 감수하고 모험에 나선다. 칼 주인이 왼쪽 아래, 멀리서 그림자로만 보이는 사이, 그는 다섯 자루의 칼을 훔쳐 도주한다. 들키면 큰일이 나겠지만, 일단 성공하면 다섯 자루의 칼을 손에 넣을 수 있으니까. 그러면서도 그는 나머지 두 자루에 대해 미련을 갖고 있다. 이 결정은 꽤 충동적이고 위험할 수도 있다. 그는 안전하게 칼자루를 들고 가는 대신, 칼날을 손에 쥐고 있다. 원래 계획은 일곱 자루를 챙기는 것이었겠지만, 준비가 충분하지 못해 다소 계획을 축소해야 하는 경우일 수도 있다. 매장소는 금릉에 돌아오자마자 자신의 계략을 활용한다. 모든 일이 계획대로 완벽하게 돌아간 것은 아니지만, 대부분의 일들은 그가 철저히 준비한 대로 이루어졌다.

하지만 그는 고통받고 있다. 사방의 칼에 둘러싸인 채 묶여 있는 8소드와 같이, 그는 자신의 육체에 갇혀 있다고 느낀다. 하지만 그를 묶은 것은 자기 자신의 생각이다. 끈은 제대로 묶여 있지 않고, 언제든 스스로 풀고 나올 수 있다. 두려움이나 잘못된 신념으로 자승자박에 빠진 사람은, 무엇이 잘못되었는지를 깨닫는 순간 문제를 해결할 실마리를 잡을 수 있다. 이 카드가 말하는 것도 마찬가지다. 깨닫기만 한다면, 다음 단계로 나아갈 수 있을 것이다. 다행히도 매장소는 자신에게는 동료들이 있고, 자신이 황제로 만들어야 할 진정한 주군이 변치 않는 마음으로 그 자리에 있었다는 것을 확인한다.

9소드는 스스로의 답을 찾아 다음 단계로 나아갔다. 매장소의 복수는 절정에 올랐고, 모든 것이 밝혀졌다. 하지만 9소드의 완벽주의는 그를 계속 걱정에 빠뜨린다. 그는 낮에는 누구보다도 꼼꼼히, 때로는 결벽증이나 편집증에 가깝게 일을 처리해 나가겠지만, 밤이 되면 자신이 거짓말쟁이가 아닐까, 자신이 실패하지는 않을까 하는 불안에 시달린다. 이것은 그가 그동안 해

온, 여러 선택지 중에서 맞는 답을 찾아가는 것이나, 새로운 해답을 내놓는 것과는 다른 문제다. 지금 그를 괴롭히는 것은 논리가 아닌 감정적인 일, 스트레스다. 그리고 실제로 매장소의 거짓말 역시 이제 백일하에 드러난다. 매장소가 원래 임수라는 것, 화한독에 중독되어 오래 살 수 없다는 것. 그는 자신이 사랑하는 이들이, 한 번 죽음에서 살아 돌아온 자신이 다시 죽음을 향해 가고 있는 것에 괴로워한다는 것을 안다. 하지만 이 감정적인 부분은 매장소가 다독일 수 있는 문제가 아니다.

이제 복수는 성공했고, 매장소가 다음 황제로 밀던 정왕은 태자의 자리에 올랐다. 하지만 매장소는 죽음과 같은 고통을 받고 있다. 넘치도록 성공했지만 격심한 스트레스를 받고 있는 10소드와 같다. 10소드의 인물은 열 자루의 칼에 찔린 채 쓰러져 있다. 그는 죽을 듯한 고통을 받고 있고, 약이나 의사의 치료가 필요해 보이지만, 어쩌면 이미 늦었는지도 모른다. 린신이 매장소를 붙잡고 "신선이 와도 자네를 못 구하네!" 하고 절망하던 것과 같다. 하지만 10소드의 인물이 한 치 앞을 내다볼 수 없고, 당장이라도 뛰어내리고 싶은 충동을 느낄 수도 있지만, 희망이 없는 것은 아니다. 그의 상황은 정말로 절망적인 것이 아니다. 이 고통은 마음의 문제이며, 이 순간을 견뎌내고 잠시 쉴 수 있거나, 혹은 다시 몰두할 것을 찾는다면 조금 더 나은 상황을 찾아볼 수 있을 테니까. 매장소 역시 그렇다. 매장소는 다시 임수가 되어, 이번에는 장수로서 전장에 선다. 그리고 자신의 남은 목숨을 모두 전장에 쏟아부어, 그곳에서 임수로서 죽는다. 그것은 죽음이지만 절망이 아니다. 고통을 감내하고 얻어낸 최후의 승리다.

매장소는 소년장수 임수일때는 용감하고 빠르며 쾌활한 소드 기사였다. 그리고 소드의 여행을 통해 변신하여 우울하고 내면을 들여다보며 지혜롭고 냉정한, 필요하다면 모든 사람을 도구로 쓸 수 있는 냉혹한 소드 왕이 되었다. 그러나 그는 자신의 야심 때문이 아닌 내면의 고결함으로 인해 그렇게 행동할 것이다.

한편 소드 여왕은 지혜롭고 강하며 여왕들 중 유일하게 무력을 쓸 수 있는 인물이다. 바로 예황군주가 여기 해당한다.

◇

　그런데 뭔가 이상하다. 주인공은 매장소인데, 매장소
가 소드의 여행을 했다면 이 이야기에서 '광대의 여행'
은 누가 맡은 것일까?

　표면적으로 볼 때 이 드라마는 죽은 것으로 알려진
임수가 매장소가 되어 금릉으로 나아가 정왕의 책사가
되고 그를 왕위에 올리는 내용으로 되어 있다. 하지만
이야기의 시작과 각종 중요 포인트에서, 이야기를 보
이지 않게 끌어나가는 다른 인물이 있다. 바로 리양 장
공주의 아들인 소경예다. 그는 컵 가족인 녕국후 집안
에서 컵 펜타클에 해당한다. 갑작스럽게 임신된 아이
다. 온전히 녕국후의 아들이 될 수도, 천천산장의 아들
이 될 수도, 그렇다고 남초국왕의 아들이 될 수도 없었
던 그는 어머니의 성이자 황실의 성인 소 씨를 물려받
아 소경예가 된다. 그는 무척 고귀한 신분이지만, 어디
에도 완벽하게 들어맞는 자리가 없는 인물이다.

　이 소경예는 마치 광대 카드처럼 처음에는 밝고 명
랑하며 낙관적이다. 다소 혼란스럽고 그 앞길에는 위
험도 있지만 그는 올곧고 씩씩하게 앞으로 나아간다.
경예는 매장소(마법사)와 하동대인(여교황)의 친구이며,

어머니 리양 장공주(황후), 외삼촌인 황제(황제), 그의 내관이자 조용히 이야기를 이끌어가는 다른 축인 고담 대인(교황) 등을 만나며 이야기를 이면에서 이끌어간다. 그런 그의 운명은 전반부의 갈등이 폭발하는 생일 잔치 장면, 운명의 수레바퀴를 기점으로 뒤바뀐다. 경예의 친아버지가 밝혀지고, 녕국후의 죄 역시 밝혀진다. 그리고 녕국후 가문은 몰락한다. 이후 그는 남초로 떠나간다. 비록 시청자들 눈에는 보이지 않지만, 그의 남초 여행은 본질로 돌아가는 여행이며, 타로에서는 영혼의 세계, 매달린 남자나 은둔자 등을 만나는 과정과 연결된다.

그가 다시 현실의 세계로 돌아오는 것은 죽음과 악마, 탑을 경계로 하고 있다. 탑이 무너지며 현실로 돌아오는 카드의 주인공처럼, 그는 하강의 음모와 예왕의 몰락을 기점으로 성숙해진 채 금릉으로 돌아온다. 그리고 소경예는 전면에 나서지는 않지만, 그의 응원으로 인해 어머니인 리양 장공주가 결정적인 역할을 담당함으로서 카메라가 돌아가지 않는 부분에서 타로의 여행을 마치게 된다.

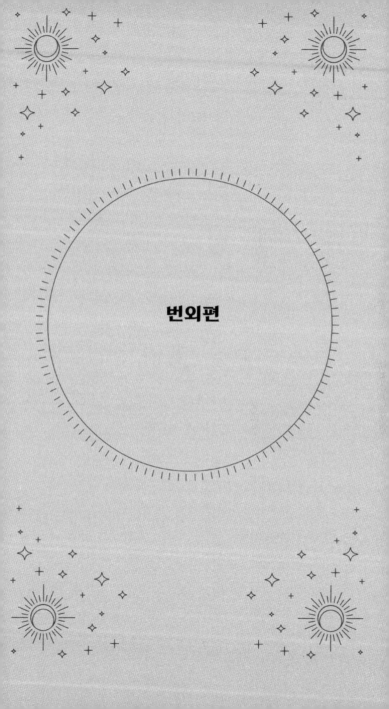

번외편

에스닉 타로와 문화적 전유

비전 퀘스트 타로Vision Quest Tarot(Gayan Sylvie Winter, Jo
Dose, U.S. Games, 1999)는 내가 가장 자주 쓰던 타로 덱이
었다. 색연필로 칠한 듯 부드럽고 섬세한 그림 속에는
아름다운 자연 풍경과, 다채로운 빛깔의 옷을 입은 네
이티브 아메리칸들의 모습과 그들의 신화들이 묘사되
어 있다. 여성은 어머니이자 대지과 곡물의 여신이고,
모성과 지혜로 사람들을 이끈다. 여성들이 씨실과 날
실을 엮어 짠 직물에서는, 그들이 엮어 짠 무늬 그대로
의 새들이 하늘로 날아오른다. 죽음은 두려운 것이 아
니라, 황야의 달빛 아래에서 죽은 동물의 영혼은 새로
운 형태로 다시 태어난다. 보고 있으면 마음이 평화로
워지는 그림이다. 한때는 이 카드를 좀 더 잘 사용해
보기 위해, 네이티브 아메리칸의 문화에 대한 책을 찾

아 읽거나 팬플룻 연주 음반을 듣기도 하고, 정령 신앙이나 샤먼에 대한 책을 찾아보기도 했다.

타로는 서구 문화의 소산이지만, 서구 문화뿐 아니라 다양한 테마의 타로 카드가 만들어졌다. 서구에서 살바도르 달리나 알폰스 무하의 그림을 편집하여 만든 타로 카드, 아르누보 스타일의 타로 카드가 만들어졌다면, 일본계 작가 후루타 코지는 일본의 목판화인 우키요에 스타일을 바탕으로 우키요에 타로^{Ukiyoe Tarot}

~~~
Deck(U.S. Games, 1998)를 만들었다. 이집트풍이나 인도풍, 혹은 다양한 나라의 전통 의상이나 신화를 배경으로 한 타로 카드들이 시중에 나와 있다. 소위 에스닉 타로 카드다. 이 비전 퀘스트 타로 역시 에스닉 타로의 일종으로 볼 수 있었다.

하지만 어느 순간 그런 생각이 들었다. 에스닉 타로 카드는, 조금만 잘못 발을 디디면 문화적 전유<sup>cultural</sup> <sup>appropriation</sup>가 되는 게 아닐까?

문화적 전유란 특정 문화집단, 특히 주류 문화에서 다른 문화집단, 특히 비주류 집단의 전통 문화나 고유 문화를 존중하지 않고 멋대로 사용하는 것을 말한다. 특히 역사적으로 의미 있는 문화에 대해 그 배경을 고
~~~

려하지 않고 멋대로 뒤섞어 사용하거나, 백인이 유색 인종의 문화를 흥밋거리로 사용하거나, 지배 민족이 피지배 민족의 문화를 멋대로 가져다 쓸 때, 이와 같은 사용 과정에서 멸시나 혐오가 깃들어 있을 때 문제가 된다. 그 생각을 처음 했던 것은, 아프리칸 타로^{African} ^{Tarot}(Marina Romito, U.S. Games)를 처음 보았을 때였다.

오프라인 타로 카드 매장에서 샘플로 꺼내 놓은 아프리칸 타로를 본 순간, 나는 매우 잘못되었다는 느낌을 받았다. 사인펜으로 그려서 형광색이 섞인 과슈로 칠한 듯한 이미지는 유치했고, 미적으로 균형이 잡혔다는 느낌도 별로 들지 않았다. 라이더 웨이트 타로를 펼쳐놓고 대충 사인펜으로 따라 그리고는 피부색만 어둡게 칠한 것 같은 기분이 드는 물건이었다. 그 타로의 그림은 내가 그때까지 책이나 박물관에서 보았던 어떤 아프리카 미술이나 공예품과도 닮지 않았다.

그 타로는 나름대로 콘셉트는 일관적이어서, 가장 대표적인 라이더 웨이트를 바탕으로 천진난만하고 자연스러운 태초의 풍경, 원시적이고 역동적인 이미지 같은 것을 염두에 두고 다시 그린 것 같았다. 하지만 언제까지 아프리카 하면 피부색의 명도가 낮은 사람들이 옷은 훌렁훌렁 벗은 채 손으로 흙그릇을 빚고 있는 원시적인 풍경을 생각할 것인지. 그들에게도 나라마다, 종족마다 특징적인 전통의상과 장신구가 있고, 지역마다 다른 공예품들이 있고, 미술이 있고 음악이 있다는 것을 아예 잊어버린 듯한 눈치였다. 그뿐인가. 에티오피아나 소말리아 하면 기아와 난민을 떠올리지만, 에티오피아의 수도인 아디스아바바는 국제공항과 철도가 놓인 대도시다. 킬리만자로 남쪽의 탄자니아는 빅토리아 호수나 세렝게티 국립공원, 제인 구달 박사의 침팬지 연구로 유명하지만, 이곳의 옛 수도인 다르에스살람도 현대적인 도시로 발전했다. 원시 좋아하네. 아프리카 대륙이라고 21세기가 오지 않은 것은 아니다.

무엇보다 '아프리칸' 타로라니. 아프리카 대륙에 대한 개론서도 아니고, 고작 78장의 카드 덱에 그 넓은 아프리카 대륙을 하나로 뭉뚱그려 넣는다는 것 자체가 말도 안 되는 횡포였다. U.S. Games 사이트에서 저자의 약력을 찾아보니 남아프리카공화국의 요하네스버그 출신으로, 철학 학위를 보유하고 있다고 했다. 카드 뒷면의 거북이 그림은 남아프리카 원주민 문화인 '샤

간 문화Shagaan culture'의 영향을 받았다고 되어 있지만, 남아프리카에 거주하는 원주민은 샹간Shangaan인이다. 샹간 인과 통가Tonga인, 여기에 여러 소수 민족을 포괄하는 총가Tsonga인들은 남아프리카공화국과 남부 모잠비크, 짐바브웨 등에 널리 퍼져 살아 왔다. 아니, 이런 것부터 오탈자가 나는데 이게 문화적 전유가 아니라는 말을 믿으라고? 그리고 남아프리카면 남아프리카지 왜 '아프리카'인데?

…물론 정색을 하고 이런 이야기를 하고 있으면 다들 진정하라고, 이게 그렇게까지 화낼 일이냐고 말할 것이다. 그냥 타로 카드일 뿐인데. 점을 치는 오컬트 도구이자 그림이 예뻐서 구입해서 갖고 노는 하위 문화의 장난감일 뿐인데 뭘 그렇게 진지하게 비판을 하고 있느냐고 할지도 모른다.

하지만 이런 경우라면 어떨까. 백인 예술가 누군가가 '아시안' 타로를 만들겠다면서 마법사 카드에는 선비를, 황제 카드에는 일본의 덴노를, 여제 카드에는 대랍시를 쓴 서태후를 그려 넣었다면 얼마나 무례한 일인지 생각해 보자. 그렇게 한중일 삼국을 뒤죽박죽 섞어 만들면서 자기는 한국에서 원어민 강사 경력이 있고, 한국과 아시아 문화를 사랑해서 이 타로를 만들었다는데, 공식 홈페이지에서 'Korea'의 철자도 틀려서 'Kolea culture'를 차용했다고 하면 타로 카드가 0번부터 시작한다는 것을 모르는 사람도 다들 화내지 않을까? 아니, 한중일 삼국의 언론에서 거의 작가를 분쇄가 되도록 씹어 발기지 않을까? 그런데 아프리카를 두고는 이런 걸 만들다니.

그런 생각을 하다가 문득, 내가 가장 좋아하던 타로덱, 비전 퀘스트 타로에 대해 생각하게 되었다. 아프리카의 문화를 어린 아이 같고 천진난만하고 원시적인 것으로 해석한 아프리칸 타로와 달리, 비전 퀘스트 타로는 네이티브 아메리칸의 문화를 신성하고 영적이며 마법적인 것으로 해석했다. 모성적이고 여성주의적인 해석이 가능한 타로 카드였다. 하지만 신성하고 신비로운 존재로 떠받드는 것이 반드시 좋은 일은 아니다. 마치 인도나 네팔을 두고 영적인 땅, 깨달음을 얻는 곳, 가난하지만 행복한 곳으로 묘사하는 글을 읽을 때처럼, 혹은 백인 남성 배우가 합장을 하고 아무 데서나 "나마스떼" 하고 인사하는 것을 볼 때처럼, 자꾸만 마음이 불편해졌다. 게다가 좀 더 신랄하게 말하자면, 네

이티브 아메리칸들은 미국에 이주해 간 백인들에게 학살당하고, 그 문화도 말살당하다시피 한 사람들이다. 그리고 네이티브 아메리칸이라는 이 말 자체가 체로키 Cherokee, 아파치Apache, 나바호Navajo, 푸에블로Pueblo, 모히칸 Mohican 등 광범위한 부족과 민족을 뭉뚱그려 부르는 말이기도 하다. 이들의 말살당한 문화를 백인들이 독수리 깃털과 치유의 바퀴 정도로 뒤섞어 신비롭게 포장하고 인쇄해서 팔아먹었다고 말한다면, 너무 잔인무도한 의견일까?

이런 불편함에 대해, 여성주의적 관점에 대해 더 공부하던 중 답을 찾을 수 있었다. 남성이 여성을 숭배하는 것 역시 여성 혐오와 다르지 않다는 것, 여성을 성녀로 여기거나, 자연에 더 가까운 존재, 혹은 태초의 모성을 지닌 신비로운 존재로 여기는 것 역시 대상화라는 이야기를 곱씹으며, 나는 이 타로 역시 그렇다고 생각했다. 주류 백인들이 자신들의 문화와 다른 문화에 대해 성스럽고 신비로운 이미지를 덧씌우는 것 역시 불쾌한 대상화라고. 넘치는 샘과 머리에 새깃을 꽂고 바람 속을 달리는 소년과 할머니가 들려주는 옛 이야기와 신비로운 약초를 태우며 노래를 부르는 늙은 샤

먼과 치유의 바퀴, 달빛 아래의 부엉이와 코요테와 신
비로운 동물들에 대해 묘사한 이 카드는 무척이나 아
름다웠지만, 그들은 남들에게 성스럽고 신비롭게 보
이기 위해 그렇게 살아온 것이 아니다. 현대인에게 교
훈을 주기 위해 존재하는 이들도 아니다. 자연과 함께
하는 것은 그들의 생활 방식이었고, 그런 그들을 미개
하고 잔인하다며 쓸어 버려 놓고는 이제 와서 세도나
의 동굴이며 시크릿 마운틴의 붉은 바위, 대자연의 정
령들이 축복하는 가운데 자연 속에서 영적인 여성들과
현명한 노인들의 인도로 행복하게 살아가던 사람들로
여기는 것은, 여전히 그들을 대상화하고, 점잖게 멸시
하는 일에 불과한 것이 아니었을까.

◇

비 유럽, 비 아메리카, 비 백인 문화권의 타로 카드라
고 해서 전부 이와 같은 문화적 전유 문제가 있는 것은
아니다. 대체로 그 문화권 출신의 사람이 만든 타로 카
드라면 역사적 맥락이나 문화적인 특색을 제대로 반영
해서 만들 것이다. 설령 그 문화권 출신이 아니더라도,
대부분의 작가들은 그 문화를 정말 좋아하고 사랑해서

그와 같은 타로 카드를 만들었을 것이다.

하지만 사랑한다고 해서 조심하지 않아도 된다는 이 야기는 아니다. 천진난만하고 자연에 가까운 삶을 동경하고 명상이나 고대의 지혜에 몰두하며 자신이 느낀 행복과 충만감을 카드로 만들 수는 있지만, 불편하고 고통스러운 부분이나 역사적인 맥락을 멋대로 지워 탈색시키거나, 무조건 성스럽게 묘사하는 것은, 작가가 그 문화를 존중하는 것이 아니라, 타자적인 것, 우리에게 교훈을 주기 위해 존재하는 무언가로 보고 있다는 이야기가 될 수 있다.

◇

나는 여전히 비전 퀘스트 타로를 아낀다. 개인적으로 마음에 고민이 있을 때 카드를 한두 장 뽑아 보는 용도로 사용하고 있다. 하지만 지금은, 이 카드를 다른 사람에게 적극적으로 권하지는 못하겠다. 여전히 아름답지만, 폭력과 탄압과 강제이주로 고통받았던 여러 민족들의 역사를 지우고 자연 속에서 평화로운 모습만을 그리는 것은, 또 다른 폭력일 수 있으므로.

타로, 이 좋은 걸 이제 알았다니

1판 1쇄 인쇄 2022년 3월 21일
1판 1쇄 발행 2022년 4월 4일

지은이 전혜진

발행인 김지아
표지 및 본문 디자인 강수정

펴낸 곳 구픽
출판등록 2015년 7월 1일 제2015-27호
주소 서울시 광진구 동일로 459, 1102호
전화 02-491-0121
팩스 02-6919-1351
이메일 guzma@naver.com
홈페이지 gufic.co.kr

ⓒ 전혜진, 2022

ISBN 979-11-87886-76-1 03810